Erna Ermittelt - Ein Original *#YOGA***KRIMI**

Mords Retreat im Ökohotel

Achtsam ermitteln zwischen Yogis und Räucherstäbchen

Von Lore Dornauer

Erna Ermittelt

MORDS RETREAT
IM ÖKOHOTEL

Achtsam ermitteln zwischen
Yogis und Räucherstäbchen

von
Lore Dornauer

Ein Original
#*YOGA*KRIMI

1. Auflage

Innsbruck, Juni 2025

Verlag: BoD · Books on Demand GmbH, Überseering 33,
22297 Hamburg, bod@bod.de
Druck: Libri Plureos GmbH, Friedensallee 273, 22763 Hamburg

Die automatisierte Analyse des Werkes, um daraus Informationen insbesondere über Muster, Trends und Korrelationen („Text und Data Mining") zu gewinnen, ist untersagt.

Alle Personen, Institutionen, Orte, Handlungen und Dialoge sind frei erfunden. Etwaige Ähnlichkeiten mit real existierenden oder verstorbenen Personen sowie tatsächlichen Unternehmen, Orten oder Ereignissen sind zufällig.

ISBN: 978-3-8192-9987-2

I

Willkommen im Wellness-Wahnsinn

Zirbenholz, Zen und Zynismus:
Ankunft im Epizentrum der Achtsamkeit

Tag 1 / Mittag (ca. 12:30)

Das Taxi quälte sich die letzte Serpentine einer schmalen Bergstraße empor, die sich wie ein graues Band durch die dichten Osttiroler Wälder schlängelte. Erna Gruber, sechsundsechzig Jahre alt und pensionierte Kriminalhauptkommissarin, starrte missmutig aus dem Fenster. *„Abgelegen ist ja wohl untertrieben"*, murmelte sie und dachte an den winzigen Bahnhof im Tal zurück, an dem der Taxifahrer sie mit einem fast mitleidigen Lächeln aufgesammelt hatte. Je höher sie kamen, desto spärlicher wurde der Handyempfang – ein kümmerlicher Balken zierte noch ihr Display. „Digitale Entgiftung" nannte ihre Nichte Klara das wohl. Erna nannte es eine Zumutung.

Dann, nach einer letzten Biegung, tat sich vor ihr eine Lichtung auf, und darin, wie ein Fremdkörper in der majestätischen Berglandschaft am Fuße des Nationalparks, lag das „Alpen-Zen". Es war weniger ein einzelnes Hotelgebäude als vielmehr ein weitläufiges, dorfähnliches Ensemble. Das Haupthaus, ein kühner Bau aus viel Glas, hellem Holz und Sichtbeton, wurde von einem hohen, schlanken Glasturm dominiert, der sich fast schon provokant in den Himmel reckte und Erna an die Residenz eines Bond-Bösewichts erinnerte. Ganz oben, so hatte sie auf der Webseite gesehen, thronte eine Dachterrasse mit Infinity-Pool und Panoramablick – vermutlich der Ort, an dem die Gäste ihre Erleuchtung im Gleichklang mit den überteuerten Cocktails fanden. Rund um dieses Zentralgebäude gruppierten sich etwa zwanzig luxuriöse Chalets, die wie moderne Almhütten aussahen. Dazwischen verliefen Kieswege, gesäumt von geometrisch exakt gestutzten Gräsern und minimalistischen Leuchtstelen. Im hinteren Teil der Anlage konnte Erna einen kleinen Wirtschaftshof mit einer unauffälligen Lieferantenzufahrt ausmachen.

„*Instagram-tauglich bis ins letzte Detail*", dachte Erna sarkastisch. „Jeder Winkel perfekt ausgeleuchtet für das nächste Selfie der Sinn-Suchenden auf ihrem Weg zur totalen Selbstoptimierung."

Der Gutschein für diesen einwöchigen Wellness-Urlaub der besonderen Art war ein gemeinsames Geschenk ihrer Familie zu ihrem sechzigsten Geburtstag gewesen. Sechs Jahre hatte sie ihn erfolgreich ignoriert, aber Klara, ihre sonst so vernünftige Nichte, hatte in letzter Zeit mit der Hartnäckigkeit einer Gebirgsgämse darauf bestanden, dass Erna ihn endlich einlöste, bevor er verfiel. „Tante Erna, du hast dein Leben lang viel zu viel gearbeitet!", hatte Klara argumentiert, ihre Stimme voller liebevoller Sorge. „Und jetzt, wo Onkel Franz nicht mehr da ist und du dich immer noch nicht so richtig mit dem Ruhestand angefreundet hast, ist es wichtiger denn je, dass du dir endlich diese Auszeit nimmst. Zeit nur für dich, um deine Batterien aufzuladen und vielleicht... neue Perspektiven zu finden."

Erna hatte nachgegeben, weniger aus Überzeugung als aus dem Wunsch heraus, Klara eine Freude zu machen und der drohenden Langeweile ihres Witwen-Daseins für eine Woche zu entfliehen. Ob „neue Perspektiven" allerdings in Form von Zirbenholz-Aromatherapie und veganen Smoothies zu finden waren, bezweifelte sie stark.

Der Taxifahrer lud ihren robusten Rollkoffer aus dem Wagen. „Das Gepäck wird Ihnen gleich abgenommen", meinte er und deutete auf einen jungen Mann in einem schlichten, beigefarbenen Leinenhemd und passender Hose, der bereits mit einem Lächeln herbeischwebte, das so geübt und faltenfrei wirkte, dass es vermutlich regelmäßig mit Botox unterspritzt wurde. „*Botox für die Seele gibt's wohl noch nicht, schade drum*", dachte Erna bissig.

„Pascal, zu Ihren Diensten", sagte der junge Mann, seine Stimme ein sanftes, fast unhörbares Säuseln, als hätte er Angst, die Zirbenmoleküle in der Luft zu stören. „Herzlich willkommen im Alpen-Zen. Mögen Sie hier zu innerer Ruhe und neuer Energie finden." Er griff nach Ernas Koffer, als wäre es ein zerbrechliches Relikt.

Erna bezweifelte, dass ihre Seele hier spontan Flügel entwickeln würde, aber ein starker Kaffee wäre schon mal ein guter Anfang für jede Art von Energie. „Gruber", sagte sie knapp.

Die Lobby des Haupthauses war ein riesiger, hoher Raum, lichtdurchflutet und von einer fast schon aggressiven Schlichtheit. Zirbenholz, wohin man blickte. Am Empfangstresen, einem langen, schlichten Block aus hellem Naturstein, der aussah, als wäre er direkt aus dem Berg gehauen und dann auf Hochglanz poliert worden, wartete eine junge Frau, ebenfalls in unauffälliges Beige gekleidet. Ihr Namensschild verkündete: „Luna-Sophie, Ihre Begleiterin zur inneren Mitte". Ihr Lächeln war ebenso perfekt einstudiert und strahlend wie das von Pascal. Erna bemerkte eine winzige, kaum sichtbare Schramme, einen feinen Kratzer an der ansonsten makellosen Glasoberfläche des Tresens, direkt neben Luna-Sophies perfekt manikürten Händen. Ein kleiner Schönheitsfehler in dieser ansonsten so penetrant perfekten Umgebung. Es störte sie, ohne dass sie sagen konnte, warum.

„Namaste, Frau Gruber", flötete Luna-Sophie. „Darf ich Ihnen zur Einstimmung unseren hauseigenen Enzym-Shot 'Morgenröte der Seele' anbieten? Heute mit Granatapfel, Acai-Beeren und einem energetischen Spritzer reinen Gletscherwassers, gesegnet vom örtlichen Berggeist."

Erna unterdrückte mit Mühe ein Stöhnen. Klingt nach spirituellem Katerfrühstück. „Ein Kaffee tut's auch. Danke. Schwarz. Und wenn möglich ohne seelische oder geistige Komponenten, es sei denn, es handelt sich um die Seele einer frisch gerösteten Kaffeebohne."

Luna-Sophies Lächeln wankte nur für den Bruchteil einer Sekunde, ein kaum merkliches Zucken im linken Mundwinkel, fing sich aber erstaunlich schnell wieder. Die Professionalität in solchen Etablissements war wirklich bemerkenswert. Oder beängstigend. „Selbstverständlich, Frau Gruber. Den servieren wir Ihnen gerne auf Ihr Zimmer. Pascal wird Sie nun zu Ihrer Suite 'Solarplexus' begleiten, einem unserer Refugien mit besonders klarer Energieausrichtung und harmonisierendem Zirbenholz-Ambiente, das Ihre Kreativität beflügeln wird."

„Solarplexus", wiederholte Erna tonlos, während sie Pascal zum Aufzug folgte. Der Solarplexus. Soweit sie sich aus alten Erste-Hilfe-Kursen erinnerte, war das ein empfindliches Nervengeflecht im Oberbauch, ein gezielter Schlag dorthin konnte einem schon mal die Luft nehmen. In diesen neumodischen Esoterik-Kreisen, so hatte Klara ihr einmal zu erklären versucht, galt er aber als eines dieser ominösen Energiezentren, ein Chakra, zuständig für Willenskraft und Persönlichkeitsentfaltung. *„Na großartig",* dachte Erna. *„Mein Zimmer heißt also entweder 'Magengrube' oder 'Zentrum der Ich-Stärke'. Beides klingt nach potenziellen Schmerzen. Das kann ja nur heiter werden."* Sie hoffte inständig, dass ihr Solarplexus, egal in welcher Bedeutung, von diesem Aufenthalt unberührt bleiben würde.

Pascal führte sie zu einem fast geräuschlosen Aufzug. Der Flur zu ihrem Zimmer war lang, hell und kahl. Das Zimmer „Solarplexus" war geräumig und minimalistisch. Ein riesiges Bett mit unzähligen weißen Kissen. Ein schlichter Schreibtisch mit einem einzelnen Kieselstein. Die riesige Fensterfront bot einen spektakulären Blick auf die Berge. Auf dem Boden lag eine Yogamatte. Daneben ein Kärtchen: „Der erste Schritt zur Achtsamkeit ist das bewusste Ankommen im Hier und Jetzt. Atme. Sei. Fühle die unendliche Weite deines Potenzials."

Erna schnaubte. Im Hier und Jetzt war ihr vor allem nach einem ordentlichen Stück Apfelstrudel zum Kaffee. Ihr Potenzial fühlte sich im Moment eher unendlich müde und grantig an.

Ein Rempler an ihrem Bein ließ sie zusammenfahren. Ihr Koffer, den Pascal etwas ungeschickt neben der Tür abgestellt hatte, war umgekippt, und sein Inhalt – Strickjacken, ihr Maigret-Krimi, Schokoriegel – verteilte sich auf dem makellosen Holzboden.

„Oh, Verzeihung, gnädige Frau!", stammelte Pascal erschrocken.

„Schon gut, junger Mann", sagte Erna milder. „Ein bisschen Chaos hat noch keinem geschadet. Bringt Leben in die Bude."

Pascal richtete sich wieder auf, das Gesicht leicht gerötet. „Ihr Kaffee wird Ihnen in wenigen Minuten gebracht." Mit einer Verbeugung zog er sich zurück.

Kaum war er gegangen, klingelte Ernas Handy. Klara. Die Verbindung war kratzig.

„Tante Erna! Und? Angekommen? Ist es nicht der pure Traum dort?"

„Ja, pur ist es auf jeden Fall", erwiderte Erna. „Puristisch bis zur Schmerzgrenze. Aber der Ausblick ist nicht schlecht."

„Siehst du! Ich wusste, es gefällt dir zumindest ein bisschen! Und die Kurse?"

„Klingt alles furchtbar anstrengend und fußkalt", unterbrach Erna sie. „Ich dachte, ich soll hier entspannen?"

„Aber das ist doch Entspannung, Tante Erna! Körper, Geist und Seele in Einklang bringen!"

Erna seufzte. „Mein Körper, mein Geist und meine Seele sind sich ziemlich einig, dass sie jetzt einen Apfelstrudel mit einer ordentlichen Portion Schlagobers bräuchten. Aber ich werde mein Bestes geben."

Nachdem sie aufgelegt hatte, kam der Kaffee. Er war dünn.

Sie setzte sich in den unbequemen Sessel und blickte hinaus. „Na gut", murmelte sie. „Eine Woche. Was soll schon groß passieren?" Ein leises Kribbeln im Nacken meldete sich. Irgendetwas an diesem Ort der aufgesetzten Harmonie fühlte sich nicht richtig an. Ihre Gedanken fielen wieder auf die Rezeptionstheke in der Lobby. Die kleine Schramme im Glas. Ein winziger Makel. Wahrscheinlich bedeutungslos. Aber es störte sie weiterhin.

Willkommen im Zirben-Zirkus:
Einlauf der Gladiatoren

Tag 1, Nachmittag (ca. 15:30)

Nachdem Erna ihren Koffer eher widerwillig als sorgfältig aus-gepackt und den dünnen Kaffee mit einem weiteren Seufzer hin-untergespült hatte, beschloss sie, dem Rat ihrer Nichte Klara zu-mindest in einem Punkt zu folgen: Sie würde versuchen, sich zu entspannen. Mit ihrem Lieblingskrimi bewaffnet – einem soliden, unaufgeregten Kommissar-Maigret-Roman, der so gar nicht in die „Alles-ist-Licht-und-Liebe"-Atmosphäre des Hotels passte – suchte sie sich einen der wenigen Sessel in der Lobby, der eine halbwegs erträgliche Sitzposition versprach. Er war aus hellem, unbehandel-tem Holz gefertigt und mit einem dünnen Filzkissen belegt, das eher symbolischen als tatsächlichen Komfort bot. Von hier aus hatte sie einen guten Überblick über den Eingangsbereich und die Rezeption, ohne selbst allzu sehr im Mittelpunkt zu stehen. Sie schlug die erste Seite auf und versuchte, in die nebligen Gassen von Paris einzutauchen, doch die sterile Perfektion und der penet-rante Zirbenduft des „Alpen-Zen" machten es ihr schwer, sich zu konzentrieren. Ihr Blick wanderte immer wieder zu der kleinen Schramme im Glas der Rezeptionstheke. Ein unbedeutendes De-tail, aber es passte nicht ins Bild.

Lange musste sie nicht auf Ablenkung warten. Ein Kleinbus mit dem dezenten Logo des Hotels – ein stilisiertes Bergpanorama mit einem aufsteigenden Lotus, der Erna eher an ein missglücktes Fir-menlogo für eine Bestattungsfirma erinnerte – hielt vor dem glä-sernen Eingang, und eine Gruppe von Menschen, so bunt gemischt wie eine schlecht sortierte Pralinenschachtel, ergoss sich in die Zirbenholz-Halle. Das musste die Retreat-Gruppe sein, von der Luna-Sophie am Empfang gesprochen hatte. Erna legte ihren Maigret unauffällig auf den Schoß. Das hier versprach interessan-ter zu werden als jede fiktive Mordermittlung.

Eine Frau Ende dreißig, die Erna als die Leiterin der Gruppe identifizierte – sie trug fließende Leinenkleidung in verschiedenen Beigetönen und ein Lächeln, das so professionell entspannt wirkte, dass es vermutlich mit Schraubzwingen fixiert war –, trat an die Rezeption. Pascal und Luna-Sophie eilten herbei, ihre Begrüßungsformeln klangen wie auswendig gelernte Mantras.

„Herzlich willkommen, liebe Sarah!", flötete Luna-Sophie mit ihrer glockenhellen Stimme. „Wir haben alles für Ihre Gruppe 'Transformation durch Transzendenz – Der Pfad zur inneren Quelle' vorbereitet." *Klang eher nach dem Pfad in die nächste Kreditfalle,* dachte Erna.

„Wunderbar, Luna-Sophie, danke dir", erwiderte Sarah Fuchs, die Leiterin des Retreats. Sie war von mittlerer, eher zierlicher Statur, mit schulterlangen, blondierten Haaren, die sie zu einem strengen Dutt gebunden hatte, der ihre angespannte Halspartie betonte. Ihre Stimme war warm und melodiös, aber Erna, geschult im Erkennen von Fassaden, meinte, einen feinen Unterton von Anspannung und kaum verhohlener Erschöpfung darin zu hören. Sarah Fuchs zog eine Klemmmappe aus ihrer übergroßen Leinentasche, die aussah, als hätte man einen Kartoffelsack mit Yoga-Symbolen bestickt. „Gehen wir kurz die Anmeldungen durch, ja? Damit auch alle Schäfchen ihre Energiefelder korrekt ausrichten können und niemand verloren geht auf dem Pfad zur Erleuchtung."

Erna spitzte unwillkürlich die Ohren, während sie tat, als würde sie gebannt in ihrem Krimi lesen. Es war eine alte Berufskrankheit, die sie auch im Ruhestand nicht ablegen konnte: Menschen beobachten, Details aufnehmen, Muster erkennen.

„Also, da hätten wir als Erstes Herrn **Goldmann, Jano**", las Sarah Fuchs mit einem kurzen Blick auf ihre Liste vor. Erna sah unauffällig über den Rand ihres Buches. *Der reinste Paradiesvogel. Oder eher ein Geier in Neonfarben*, schoss es ihr durch den Kopf.

Der Name passte zu dem Mann, der gerade lautstark mit seinem goldenen Smartphone hantierte und Pascal, der ihm den Designer-Rollkoffer abnehmen wollte, mit einer unwirschen Handbewegung zur Seite schob. Mitte dreißig, eine Bräune, die eher nach Solarium als nach Bergluft aussah, platinblondierte, streng nach hinten gegelte Haare, die aussahen, als wären sie einzeln mit dem Lineal ausgerichtet worden, und eine Aura von Arroganz, die den Zirbenduft fast neutralisierte. Er war schlank, fast schon drahtig, und trug grellbunte Sportkleidung einer Marke, deren Logo Erna nicht kannte, die aber unverschämt teuer aussah. „Das WLAN hier ist ja eine absolute Frechheit, Pascal!", schnauzte er den Hotelangestellten an. „Ich brauche hier Highspeed für meine Live-Streams, sonst drehen meine Follower durch! Und wehe, mein Gepäck bekommt auch nur einen Kratzer! Das ist maßgefertigt aus veganem Kaktusleder, kostet mehr als dein Jahresgehalt!" Seine Stimme hatte diesen unangenehm schneidenden, fordernden Unterton von Leuten, die glaubten, die Welt drehe sich ausschließlich um sie.

„Dann Frau **Larcher, Lena.**" Eine Frau wie aus einem Hochglanz-Fitnessmagazin, schätzte Erna sie auf Ende zwanzig, jeder Muskel an ihrem schlanken, sehnigen Körper perfekt definiert, das dunkle Haar zu einem straffen Pferdeschwanz gebunden, das Gesicht mit markanten Zügen eine Maske kühler, fast schon aggressiver Perfektion. Sie musterte die Umgebung mit einem prüfenden, fast abschätzigen Blick. Ihr Outfit – knallenge Designer-Sportleggings und ein bauchfreies Top – schrie „Performance", nicht „Entspannung". Ihre Augen fixierten kurz Jano Goldmann, und Erna glaubte, ein kaum merkliches, aber giftiges Lächeln zwischen den beiden zu erkennen, ein Lächeln, das mehr von Rivalität als von Freundschaft zeugte. *Die zwei könnten sich auch direkt hier auf den Zirbenholz-Matten einen Catfight liefern,* überlegte Erna.

Ein älterer Herr, der so gar nicht in das esoterische Ambiente passen wollte, betrat mit knarzigem Schritt die Lobby: **Karl Berger**. Bauerntyp, wettergegerbtes Gesicht mit tiefen Furchen, graumeliertes, schütteres Haar unter einer abgetragenen Kappe, robuste Statur. Erna schätzte ihn auf über sechzig. Er wirkte mürrisch und musterte die anderen Gäste mit unverhohlenem Misstrauen. *Der sucht wahrscheinlich den Stallausgang oder zumindest die Schnapsbar.*

Ihm folgte **Bruni Schnitzler**, eine gemütlich wirkende Dame in Ernas Alter, mit freundlichen Lachfältchen um die blauen Augen und einem praktischen Kurzhaarschnitt. Ihre rundliche Figur steckte in einer bequemen Wanderhose und einer geblümten Bluse. Sie zog einen praktischen Rollkoffer, aus dem ein leiser, aber verlockender Duft nach frisch gebackenem Apfelstrudel zu strömen schien – oder bildete Erna sich das nur ein? Bruni lächelte Erna freundlich und fast verschwörerisch zu, ein Lächeln, das echt wirkte, nicht so aufpoliert wie das der anderen. Die beiden nickten sich wissend zu – zwei Seelenverwandte im Zirben-Exil. *Die Erste, die normal wirkt. Und wahrscheinlich was Gutes zu essen dabeihat.*

Ein Mann mittleren Alters, elegant, aber mit einem kaum merklichen Zug von Verbitterung um die Mundwinkel, betrat die Lobby und scannte den Raum mit einem kühlen, analytischen Blick: **Konrad König**. Erna schätzte ihn auf Mitte fünfzig. Er trug unauffällige, aber hochwertige Freizeitkleidung, sein graumeliertes Haar war akkurat gescheitelt. Er hatte die Statur und das Auftreten eines Managers oder eines dieser teuren Unternehmensberater, die einem das Blaue vom Himmel versprachen und dafür ein Vermögen kassierten. Sein Blick kreuzte kurz den von Jano, und Erna hätte schwören können, eine eisige Verachtung in Königs Augen gesehen zu haben, die Jano mit einem überheblichen Nicken quittierte. *Der hat auch eine Rechnung offen, so viel ist sicher.*

"Herr **Vogt, Lars**." Ein Mann, Ende dreißig, vielleicht Anfang vierzig, in Leinen gekleidet, aber in einem unauffälligen, fast schon verwaschenen Grau, dazu diverse Holzketten um den Hals und ein schlecht gestochenes Tattoo am Unterarm, das Erna aus der Entfernung nicht genau identifizieren konnte – ein stilisierter Skorpion oder doch eher ein missglücktes chinesisches Schriftzeichen für „Innere Leere"? Er war von mittlerer Statur, wirkte aber irgendwie schlaff, fast schon eingefallen. Sein dunkelblondes Haar war etwas zu lang und fiel ihm strähnig ins Gesicht. Lars Vogt trat etwas zögerlich näher, ein bemühtes, fast gequältes Lächeln umspielte seine Lippen, seine Augen huschten nervös umher. *Der sieht aus, als hätte er seine Chakren im Schleudergang gehabt und versucht jetzt, sie wieder richtig zu sortieren,* dachte Erna. Sie bemerkte, wie er einen verstohlenen, fast ängstlichen Blick auf Goldmann warf und dann schnell zu Boden sah, als Jano ihm ein kaum merkliches, aber abfälliges Grinsen zuwarf.

Dann kam **Hannes Hofer**, ein Muskelprotz Anfang vierzig, der etwas verloren und angespannt wirkte in seinem hautengen Funktionsshirt, das jeden einzelnen seiner massigen Bizepse zur Geltung brachte. Sein kurzgeschorenes, dunkles Haar stand ihm zu Berge, als hätte er gerade in eine Steckdose gefasst. Er warf Jano Goldmann einen kurzen, aber intensiven, finsteren Blick zu, den Erna als alles andere als freundschaftlich interpretierte. Jano grinste nur und formte mit den Lippen ein lautloses „Pumpernickel". Hannes ballte kaum merklich die Fäuste. *Noch so ein Kandidat für einen Adrenalinstau.*

Sabrina Steiner, eine junge Frau Mitte zwanzig mit einer professionell aussehenden Kamera um den Hals und langen, braunen Locken, die ihr ins Gesicht fielen, die eifrig, aber etwas unsicher wirkend, die Lobby und die ankommenden Gäste fotografierte, schien eher schüchtern zu sein. Ihre Figur war etwas rundlicher, und sie trug ein fröhlich geblümtes Kleid. *Die sucht bestimmt das perfekte Food-Foto für ihren Instagram-Kanal, bevor die Realität des Hotel-Essens sie einholt.*

Unauffällig im Hintergrund hielt sich **Dr. Eva Lindner**, eine Frau Mitte vierzig mit einer eleganten Kurzhaarfrisur und einer Brille mit feinem Gestell. Sie trug einen stilvollen Hosenanzug und beobachtete das Treiben mit einem ruhigen, fast wissenschaftlichen Interesse. Ihr Blick traf kurz den von Erna, und ein Anflug von verständnisvollem Amüsement huschte darüber. Erna hatte das Gefühl, hier eine potenzielle Seelenverwandte im Geiste gefunden zu haben. Just in diesem Moment trat Direktor Walder zu Dr. Lindner. Erna hörte, wie er sagte: „Ich hoffe, Sie können hier ein wenig Abstand von Ihrem sicher anstrengenden Alltag gewinnen, Frau Doktor." Frau Lindner lächelte. „Darauf hoffe ich, Herr Walder. Ein paar Tage ohne Sprechstunde und Notfälle tun sicher gut. Obwohl die Psychosomatik ja nie ganz Pause hat." *Allgemeinmedizinerin und Fachärztin für Psychosomatik also,* registrierte Erna. *Interessant.*

Und schließlich **Silvia Fröhlich**, eine Lehrerin Ende dreißig, wie Erna schätzte. Sie hatte kinnlanges, leicht gewelltes, hellbraunes Haar und trug einen langen, bunten Rock und mehrere filigrane Silberketten, die bei jeder Bewegung leise klimperten. In der Hand hielt sie ein kleines Notizbuch, in das sie bereits eifrig etwas zu kritzeln schien, während sie mit einem leicht verträumten Lächeln die Gruppe musterte. *Die versucht wahrscheinlich gerade,* *die Aura des Zirbenholzes zu deuten oder das Horoskop für den heutigen WLAN-Ausfall zu erstellen.*

Sarah Fuchs hakte die Namen auf ihrer Liste ab. „Wunderbar, dann wären ja alle Seelen an Bord unseres Schiffes der Erkenntnis. Pascal, Luna-Sophie, würden Sie bitte unsere lieben Gäste zu ihren Refugien begleiten und ihnen mit dem Gepäck behilflich sein?"

Die Gruppe setzte sich langsam in Bewegung, ein bunter Haufen Individuen, die unterschiedlicher kaum sein konnten, und die Erna jetzt schon mehr an eine Gruppe von Verdächtigen in einem Agatha-Christie-Roman erinnerten als an friedfertige Yoga-Jünger. Erna seufzte leise und wandte sich wieder ihrem Maigret zu, obwohl die Konzentration nun endgültig dahin war. Dieser „Ort der Harmonie" versprach, alles andere als langweilig zu werden. Das Kribbeln im Nacken war wieder da. Diesmal nicht nur wegen der Langeweile im Ruhestand. Es war ein altbekanntes Gefühl, das nichts Gutes verhieß.

Der Schnüffler und die Schuldnerin:
Abgründe hinter der Achtsamkeits-Fassade

Tag 1, Nachmittag (ca. 16:30)

Nachdem die neu angekommene Retreat-Gruppe sich auf ihre Zimmer verteilt hatte, um vermutlich ihre „Auren zu entstauben" oder ihre „Chakren neu zu kalibrieren", wie Erna es mit einem inneren Augenrollen kommentierte, kehrte in der Lobby des „Alpen-Zen" eine trügerische, fast schon unheimliche Ruhe ein. Erna versuchte erneut, sich in Kommissar Maigrets Pariser Ermittlungen zu vertiefen, doch ein Teil ihrer Aufmerksamkeit blieb unweigerlich an dem subtilen Drama hängen, das sich im Hotel bereits abzuzeichnen begann.

Jano Goldmann hatte es sich mit seinem Laptop und einem weiteren Glas Champagner – „man muss ja schließlich seinen eigenen Lifestyle zelebrieren, nicht wahr?" hatte er dem Barkeeper zugerufen – an einem der stylishen, aber unpraktischen Tische im Barbereich bequem gemacht. Er ignorierte die sanfte Panflötenmusik und die „entschleunigende" Atmosphäre des Raumes vollkommen und tippte mit einer fast schon aggressiven Geschwindigkeit auf der Tastatur, sein Gesicht von dem bläulichen Schimmer des Bildschirms erhellt. Erna konnte von ihrem Platz aus nicht erkennen, was genau er tat, aber es wirkte wie eine intensive, fast schon manische Recherche. Immer wieder griff er zu seinem goldenen Smartphone, führte kurze, vielsagende Telefonate, bei denen er mit unverhohlener Freude Namen fallen ließ, die Erna bereits auf Sarah Fuchs' Teilnehmerliste gehört hatte.

„Ja, genau der... König, Konrad... der Ex-Manager mit der glänzenden Fassade", hörte Erna ihn zischen, seine Stimme triefte vor Boshaftigkeit. „Angeblich schwimmt der in Schulden bis zum Hals und hat richtig Dreck am Stecken wegen irgendwelcher krummen Finanzgeschäfte... schick mir mal alles, was du hast, mein Lieber! Jedes Detail! Das wird ein Fest, wenn ich den vor der Gruppe ein bisschen grille!" Dann wieder dieses selbstgefällige, fast schon diabolische Grinsen, während er sich eifrig Notizen in ein digitales Notizbuch machte.

Erna runzelte die Stirn. Das war mehr als nur Neugier. Das war gezieltes Ausspionieren, die Jagd nach kompromittierendem Material. Jano Goldmann schien seine Hausaufgaben über die anderen Teilnehmer zu machen – oder vielmehr, ihre schmutzige Wäsche zu durchleuchten, um sie später genüsslich gegen sie verwenden zu können. Erna war zwar keine studierte Psychologin, aber ihre jahrzehntelange Erfahrung bei der Kriminalpolizei hatte sie gelehrt, menschliche Abgründe zu erkennen. Und was sie bei Jano Goldmann sah, waren Züge, die sie ohne Zögern als psychopathisch und zutiefst narzisstisch einstufen würde. Er schien von einer inneren Unruhe, einem unstillbaren Hunger nach Kontrolle und der grausamen Freude an der Demütigung anderer getrieben zu sein. Ein gefährlicher Mensch.

Während Jano seine digitalen Giftpfeile vorbereitete, musste Erna kurz die Damentoilette aufsuchen. Auf dem Weg dorthin kam sie an Sarah Fuchs' kleinem, etwas chaotisch wirkenden Büro vorbei. Die Tür, die mit einem handgemalten Schild „Sarah – Raum für Wachstum & Herzöffnung" verziert war, stand einen winzigen Spalt offen. Erna hörte Sarahs Stimme, gedämpft, aber voller Panik und Verzweiflung.

„...nein, das können Sie mir nicht antun, Herr Bichler!... Ich brauche doch nur noch etwas mehr Zeit!... Die fünfzigtausend Euro bis zum Monatsende... das schaffe ich nicht, das Retreat ist nicht einmal zur Hälfte ausgebucht... die Stornierungen nach Janos... nach den letzten Vorfällen... aber das Konzept ist doch stark, die nächste Saison wird besser, ganz bestimmt! Bitte, Herr Bichler, ein kleiner Aufschub nur..." Ihre Stimme brach fast.

Erna ging unauffällig weiter. Sarah Fuchs steckte also in ernsthaften finanziellen Schwierigkeiten. Ein ungeduldiger Gläubiger namens Bichler, eine hohe Summe, mangelnde Buchungen. Das erklärte die Anspannung, die Erna von Anfang an bei ihr gespürt hatte. Und es machte sie potenziell erpressbar.

Kurz darauf, als Erna wieder in der Lobby saß, erschien Hoteldirektor Jakob Walder. Sein tadelloser Anzug konnte die Sorgenfalten auf seiner Stirn kaum verbergen. Sein Blick fiel zuerst auf Jano Goldmann, der immer noch lautstark telefonierte und gestikulierte, als gehöre ihm das ganze Hotel. Walder verzog leicht das Gesicht, dann ging er mit professioneller Freundlichkeit zu Sarah Fuchs' Büro und klopfte dezent.

Erna, die nur wenige Meter entfernt saß und tat, als würde sie die Zirbenholzdecke studieren, konnte durch den immer noch leicht geöffneten Türspalt hören, wie Walder Sarah mit besorgter Stimme ansprach.

„Frau Fuchs, ist alles unter Kontrolle? Ihr... prominenter Gast, Herr Goldmann, ist, sagen wir mal, eine sehr... präsente Persönlichkeit. Ich hoffe, das stört nicht die angestrebte Harmonie und Ruhe unseres Hauses. Und Sie selbst, Frau Fuchs, wirken auch sehr angespannt in letzter Zeit."

Sarahs Antwort war leise, aber Erna hörte die krampfhafte Bemühung, Gelassenheit vorzutäuschen. „Keine Sorge, Herr Direktor. Herr Goldmann ist ein... wichtiger Multiplikator für uns. Ein bisschen mediale Aufmerksamkeit, auch wenn sie manchmal etwas lautstark ist, schadet uns nicht. Und mir geht es bestens, danke der Nachfrage. Ich habe alles fest im Griff."

„Ich hoffe es für Sie und für uns alle, Frau Fuchs", erwiderte Walder mit einem Unterton, der Erna aufhorchen ließ. Es klang nicht wie eine leere Floskel. „Der Ruf des 'Alpen-Zen' ist unser höchstes Gut. Weitere Störungen oder negative Schlagzeilen können wir uns nach den... Vorkommnissen der letzten Saison absolut nicht leisten."

Erna lehnte sich in ihren unbequemen Sessel zurück. Die Fassade der glitzernden Wellness-Welt bekam immer tiefere Risse.

Janos rücksichtslose Art, seine offensichtliche Bereitschaft, andere für seinen eigenen Vorteil oder seine Unterhaltung zu benutzen, gepaart mit Sarah Fuchs' offensichtlicher finanzieller und beruflicher Notlage und Walders nervöser Sorge um den Ruf seines Etablissements – das war eine explosive Mischung, die jederzeit hochgehen konnte.

Erna öffnete wieder ihren Maigret, aber ihre Gedanken waren nicht mehr bei den Verbrechen im Paris der Fünfzigerjahre. Ein neues, viel subtileres und vielleicht auch gefährlicheres Spiel schien sich direkt vor ihren Augen im „Alpen-Zen" zu entfalten. Und sie hatte das unangenehme Gefühl, dass sie, ob sie wollte oder nicht, bald mehr sein würde als nur eine stille Beobachterin am Rande dieses modernen Gladiatorenkampfes der Eitelkeiten und Existenzen.

Dinner der Demütigungen und eine lebensgefährliche Ansage

Erna hatte sich mit einem weiteren resignierten Seufzer in die „KarmaKüche" begeben. Der Name allein war schon eine Zumutung, die das freudlose „Drei-Gänge-Menü der puren Lebensfreude", wie es auf der handgeschöpften Speisekarte aus recyceltem Graspapier vollmundig angekündigt wurde, kaum aufwiegen konnte. Sie hatte sich einen Tisch etwas abseits gesucht, in der Hoffnung, das Mahl – „Essenz von der Roten Bete mit energetisiertem Meerrettich-Schaum" als Vorspeise – möglichst ungestört und vor allem unkommentiert über sich ergehen zu lassen. Sie blätterte lustlos in ihrem Maigret, als sich der große, zentrale Tisch neben ihr zu füllen begann. Es war die Retreat-Gruppe, unverkennbar, angeführt von einer blass lächelnden Sarah Fuchs. Hoteldirektor Jakob Walder huschte kurz durch den Raum, warf einen prüfenden Blick auf den Tisch der Gruppe, nickte Sarah Fuchs aufmunternd, aber auch mit einem Anflug von Nervosität zu, und zog sich dann diskret in den Hintergrund zurück, als wollte er mit dem folgenden Schauspiel nichts zu tun haben.

Sarah Fuchs, die Leiterin, versuchte mit einem angestrengt strahlenden Lächeln, eine lockere Atmosphäre zu schaffen. „Setzt euch, meine Lieben, setzt euch! Lasst uns diesen ersten Abend gemeinsam genießen und uns in einer Runde des achtsamen Austauschs ein wenig besser kennenlernen." Ihre Stimme klang ein wenig wie eine zu hoch gespannte Geigensaite.

Die Teilnehmer ließen sich nieder, etwas steif und unbeholfen, wie eine Schulklasse am ersten Wandertag. Pascal, der Kellner, umschwirrte den Tisch mit einer Karaffe „energetisiertem Quellwasser mit einem Hauch von handgepflückter Bergminze". Erna verdrehte innerlich die Augen und bestellte bei ihm mit Nachdruck ein großes Glas Leitungswasser. „Ohne Hauch von irgendwas, bitte. Nur Wasser." Pascal nickte verständnisvoll, fast schon mitleidig.

„Vielleicht eine kleine Vorstellungsrunde, bevor uns die kulinarischen Offenbarungen erreichen?", schlug Sarah Fuchs vor, als die ersten winzigen Portionen eines „Amuse-Gueule aus fermentiertem Topinambur an einem Hauch von Nichts, dekoriert mit einem einzelnen Gänseblümchen" serviert wurden. Erna beäugte ihren eigenen Teller skeptisch. *Sieht aus, als hätte der Koch Niespulver kunstvoll drapiert und mit Unkraut garniert. Hoffentlich ist es nicht ansteckend.*

Die Runde begann erstaunlich harmlos, fast schon herzlich. Silvia Fröhlich, die Lehrerin, erzählte mit ihrer sanften Stimme von ihrer Liebe zu Horoskopen und dass die Sterne für dieses Retreat besonders günstige Aspekte für „Transformation und das Aufdecken verborgener Wahrheiten" anzeigten – eine Bemerkung, die Erna kurz aufhorchen ließ, während sie dachte: *Na, hoffentlich nicht zu viele verborgene Wahrheiten, sonst wird's ungemütlich.* Karl Berger brummte etwas von „frischer Luft und endlich amal a Ruh von de Viecher daham". Sabrina Steiner, die Food-Bloggerin, schwärmte mit leuchtenden Augen von regionalen Produkten, die sie hier zu entdecken hoffte, und ihrer Mission, „die ehrliche Küche wiederzubeleben". Bruni Schnitzler erklärte trocken, sie sei hier, „weil mei Schwiegertochter gmoant hat, i muaß amoi was für mei innere Balance und gegn mein Blutdruck tun, bevor i mi ganz ins Jenseits grantl." Erna schmunzelte. *Bruni war ihr Geld wert.*

Dr. Lindner stellte sich kurz als Allgemeinmedizinerin und Fachärztin für Psychosomatik vor, die sich für komplementäre Stressmanagement-Techniken interessiere und die Wirksamkeit solcher Retreats aus professioneller Neugier evaluieren wolle. Konrad König murmelte nur seinen Namen und „Ex-Manager im unfreiwilligen Sabbatical", sein zynisches Lächeln gefror fast, als er Jano Goldmann ansah, der gerade lautstark ein weiteres Glas Weißwein bei Pascal bestellte. Der junge Kellner schien bei jeder Interaktion mit Goldmann innerlich zusammenzuzucken.

Die Stimmung kippte merklich und unwiderruflich, als Jano an der Reihe war und das Dessert – eine undefinierbare grüne Masse, die als „Avocado-Limetten-Mousse mit Matcha-Staub und Moos-Textur" angekündigt wurde – aufgetragen wurde. Jano hatte bereits das vierte Glas des überteuerten Bio-Dynamischen Weißweins intus, und seine Hemmungen waren offenbar mit steigendem Alkoholpegel im Nirvana verschwunden. „Jano Goldmann", verkündete er mit öliger, lauter Stimme und einem selbstgefälligen Grinsen, das Erna an einen schlecht gelaunten Mops erinnerte, der gerade einen besonders saftigen Knochen gefunden hatte und ihn niemandem gönnte. „Manche kennen mich als den 'Guru der Goldenen Aura', den 'Visionär des viralen Erfolgs', andere als den Typen, der euch zeigt, wie man aus digitaler Scheiße pures Gold macht – im übertragenen Sinne natürlich, meistens jedenfalls." Er lachte über seinen eigenen Witz, aber niemand lachte mit. Die Stille war so dicht, dass man sie mit einem Löffel hätte essen können – was vermutlich nahrhafter gewesen wäre als das Moos-Dessert.

„Und was, Herr Goldmann, gedenken Sie hier zu transformieren, außer vielleicht den Weinvorrat des Hotels und die Geduld Ihrer Mitmenschen?", fragte Konrad König mit gefährlich leiser Stimme, die Augenbraue spöttisch gehoben. Jano ließ seinen Blick über den Tisch schweifen, ein Raubtier auf der Suche nach Beute. „Ich, mein lieber König der gescheiterten Existenzen, bin hier, um zu networken. Und um zu sehen, wer von euch wirklich das Zeug hat, im knallharten Business der Selbstoptimierung zu bestehen. Oder wer nur heiße Luft produziert und seine Follower nach Strich und Faden verarscht." Sein Blick blieb genüsslich an Lars Vogt hängen, der sichtlich unter Spannung stand und versuchte, in seinem „Chakra-alignenden" Linsen-Dal, das er kaum angerührt hatte, unsichtbar zu werden. „Nicht wahr, Lars? Man hört ja so einiges aus der Esoterik-Szene. Manche sagen, deine 'einzigartigen' Tantra-Techniken sind... nun ja, sagen wir 'stark inspiriert' von anderen, die vielleicht etwas origineller waren und nicht wegen Betrugs vorbestraft sind. Aber keine Sorge, alter Freund,“ Janos Stimme triefte vor falscher Vertraulichkeit, „dein kleines Geheimnis um den 'Würstel-Timo' und die unschöne Betrugsgeschichte von damals, die dich fast in den Knast gebracht hätte, ist bei mir doch sicher.“ Er grinste Lars süffisant an, der kreidebleich wurde, ein Glas Wasser umstieß und dessen gequältes Lächeln endgültig erlosch. Auch Sarah Fuchs, die neben Lars saß, zuckte bei der Erwähnung von Betrug sichtlich zusammen, ihre professionelle Maske bekam tiefe Risse.

Lars stammelte: „Das... das ist eine infame Verleumdung! Das ist lange her und hat hiermit absolut nichts zu tun!“ „Ach, wirklich?“, höhnte Jano, sichtlich erfreut über die Wirkung seiner Worte. „Ich dachte, es geht hier um radikale Ehrlichkeit und das mutige Ablegen alter Masken? Oder gilt das nur für die anderen?"

Bevor Lars antworten konnte oder vor Scham im Erdboden versank, wandte sich Jano mit derselben rücksichtslosen Freude Lena Larcher zu. „Und du, Lena, meine Süße? Immer noch am Pumpen für den perfekten Bizeps und die nächste geplatzte Kooperation? Schade, dass das mit dem 'Alpine Peak Performance Drinks'-Deal nichts geworden ist. Aber ich hab gehört, die suchen jetzt jemanden mit... authentischerer Ausstrahlung und echten Followern. Und dein 'revolutionäres' Fitnessprogramm... sind das nicht auch nur alte Liegestütze in neuem, teurem Neon-Outfit? Ich habe von Insidern gehört, einige deiner Klienten klagen über ausbleibende Erfolge und... sagen wir mal, sehr kreative Photoshop-Nutzung bei deinen Vorher-Nachher-Bildern.“ Lena presste die Lippen zusammen, bis sie fast weiß waren, ihre Augen blitzten vor unterdrückter Wut. Sie stieß ein leises, aber deutlich hörbares „Arschloch“ hervor.

Selbst vor dem mürrischen Karl Berger machte Jano nicht halt. „Herr Berger, Ihr Bio-Hof... immer noch im Geschäft? Oder hat der Gammelfleisch-Skandal von vor zwei Jahren, den ich damals exklusiv aufgedeckt habe, Ihren 'traditionellen' Düngemethoden und den eher... flexiblen Bio-Zertifikaten endgültig den Garaus gemacht? Die Leute wollen heute eben vegane Superfoods aus dem Labor, keine verstaubte Tradition vom Misthaufen." Karls Hände ballten sich unter dem Tisch zu Fäusten, sein Gesicht wurde puterrot, und er murmelte etwas von „elendigem Mistviech".

Hannes Hofer, der Muskelprotz, versuchte, Jano zu ignorieren und starrte auf sein Glas mit „revitalisierendem Ingwerwasser", aber Jano ließ nicht locker. „Hannes, mein alter Kompagnon! Lange nicht gesehen! Wie läuft's denn so ohne meine genialen Geschäftsideen? Damals mit den 'Cosmic Power Protein Bars' waren wir ja fast Multimillionäre, bevor du... nun ja, bevor es ein wenig kompliziert wurde mit den Bilanzen und den unbezahlten Rechnungen der Lieferanten, nicht wahr? Manche sagen ja, du hättest ein echtes Talent dafür, vielversprechende Projekte mit Karacho gegen die Wand zu fahren." Hannes wurde erst rot vor Zorn, dann kreidebleich.

Sabrina Steiner, die Food-Bloggerin, die bisher versucht hatte, sich hinter ihrem Wasserglas zu verstecken, wurde von Jano mit einem besonders herablassenden Kommentar zu ihrem „Butter-und-Mehlspeisen-Blog" bedacht. „Butter, meine Liebe? Im Zeitalter der pflanzlichen Fette und der totalen Körperoptimierung? Wie putzig! Und dann noch diese Kalorienbomben! Kein Wunder, dass die Sennerei-Kooperation geplatzt ist und dein Blog in der Bedeutungslosigkeit versinkt. Die wollen jemanden mit... Reichweite und Relevanz, nicht mit Hüftgold-Rezepten aus Omas Mottenkiste." Das war zu viel für Sabrina. Mit einem unterdrückten Schluchzen sprang sie auf, ihr Stuhl krachte auf den Boden, und sie rannte mit Tränen in den Augen aus dem Restaurant. Die Tür zum Flur knallte hinter ihr zu.

Selbst Sarah Fuchs, die Retreat-Leiterin, blieb nicht verschont. „Sarah, Liebes, dein Enthusiasmus ist ja bewundernswert. Fast so bewundernswert wie deine Fähigkeit, mit einem Wochenend-Online-Kurs ein 'Master of Mindful Manifestation'-Zertifikat zu erwerben. Wir kennen da doch dieselben Abkürzungen zum schnellen

Erfolg in dieser Branche, nicht wahr?" Sarahs Lächeln gefror end-gültig, ihre Haltung wurde steif wie ein Zirbenbrett.

Nur Konrad König schien Janos Provokationen mit einer stoi-schen, fast schon amüsierten Miene zu begegnen, was Jano sicht-lich irritierte. „Und Sie, Herr König? Immer noch auf der Flucht vor den Schatten Ihrer Vergangenheit? Oder ist das Sabbatical hier eine neue Form der kreativen Insolvenzverschleppung, um den Gläubigern zu entkommen?" Konrad hob sein Weinglas mit ge-spielter Eleganz. „Manche Geister, Herr Goldmann, wird man eben nie los. Aber im Gegensatz zu Ihnen und Ihrem... sehr extrover-tierten Umgang mit den Fehlern anderer, habe ich gelernt, mit meinen Dämonen stilvoll zu dinieren und sie nicht öffentlich zur Schau zu stellen."

Ein Raunen ging durch die verbliebene Gruppe. Dr. Lindner be-obachtete das Schauspiel mit professioneller Distanz, aber Erna sah, wie sie unauffällig den Kopf schüttelte. Bruni Schnitzler warf Erna einen vielsagenden Blick zu, der Bände sprach: *So ein un-gust!!* Silvia Fröhlich versuchte, die angespannte Stimmung mit ei-nem Hinweis auf Merkurs besonders aggressive Rückläufigkeit im Skorpion und dessen Verbindung zu aufgedeckten Geheimnissen und Machtkämpfen zu erklären, was von Jano mit einem lauten, verächtlichen Lachen quittiert wurde.

Die Stimmung war am absoluten Nullpunkt angelangt. Selbst die „Essenz von der Roten Bete" schien auf den Tellern vor Scham zu erröten. Da erhob Jano, unbeeindruckt von Sabrinas Flucht und der eisigen Stille, sein Weinglas. „Aber hey, Leute, entspannt euch! Wir sind ja hier, um uns zu transformieren! Und um das zu feiern und euch allen zu zeigen, was wahre mentale Stärke ist, werde ich euch morgen früh eine kleine Kostprobe meiner Furcht-losigkeit und meines grenzenlosen Potenzials geben: Ich werde eine Serie von extremen Yoga-Balance-Posen – meinen patentier-ten 'Ikarus-Flow' – auf der äußersten Kante der Dachterrasse un-seres schicken Hotelturms vollführen! Ja, ganz oben, wo der Wind pfeift und die Aussicht göttlich ist! Live auf Insta, versteht sich.

Für meine Millionen Follower. Für die Message: Überwinde deine Grenzen! Zeig dem Universum, dass du selbst die Schwerkraft transzendieren kannst! Sei wie Jano!"

Ein entsetztes Schweigen senkte sich über den Tisch. Sarah Fuchs rang sichtlich um Fassung. „Jano, das ist viel zu gefährlich! Die Dachterrasse dort oben... die Kante ist nicht gesichert! Das Hotel wird das niemals erlauben! Die Versicherung... die Haftung!"

„Ach was, Sarahlein", lallte Jano, sichtlich angetrunken und von sich selbst berauscht. „Ein bisschen Risiko gehört zum Erfolg, das wissen doch gerade die Yoga-Gurus, die ständig von 'No Risk, No Nirvana' faseln. Und ich bin Jano Goldmann. Ich bekomme immer, was ich will. Das hier ist pures Gold für meine Marke, verstehst du? Außerdem, wer weiß, vielleicht inspiriert mein Mut ja den einen oder anderen von euch Losern hier, auch mal was zu wagen und aus eurem jämmerlichen Schneckenhaus herauszukommen." Er zwinkerte in die Runde, ein glitschiges, selbstzufriedenes Grinsen auf den Lippen.

Das war der Punkt, an dem es auch den meisten anderen reichte. Karl Berger stand knurrend auf und verließ den Tisch. Ihm folgten Hannes Hofer, der immer noch zitterte, und Lena Larcher, die Jano einen letzten vernichtenden Blick zuwarf. Selbst Silvia Fröhlich und Dr. Lindner erhoben sich und gingen kopfschüttelnd. Zurück blieben nur ein sichtlich angeschlagener Lars Vogt, der apathisch ins Leere starrte, ein zynisch grinsender Konrad König, der sein Weinglas nachfüllte, und eine fassungslose Sarah Fuchs.

Erna schob ihren Teller mit dem unberührten „Moos-Dessert" von sich. Ihr Appetit war endgültig vergangen. Das hier war mehr als nur ein Haufen exzentrischer Selbstfindungssucher mit überstrapazierten Nerven. Das war ein toxisches Gemisch aus Neid, Hass, Angst und tief verletztem Stolz. Und Jano Goldmann hatte gerade mit diebischer Freude die Lunte an dieses Pulverfass gelegt.

Die Nacht der bösen Worte

Tag 1, Nachts (zwischen 22:00 und 02:00 Uhr)

Die Atmosphäre im „Alpen-Zen" war nach dem denkwürdigen Abendessen und Janos großspuriger Stunt-Ankündigung zum Zerreißen gespannt. Erna fand keine Ruhe. Ihr Maigret lag ungelesen auf dem Nachttisch. Sie beschloss, noch einen kleinen Rundgang durch das schlafende Hotel zu machen, vielleicht auf dem Weg zur Bar für einen letzten (alkoholfreien) Schlummertrunk.

Als sie den gedämpft beleuchteten Flur entlangging, der zu den luxuriöseren Suiten – und somit auch zu Janos Quartier – führte, bemerkte sie Hoteldirektor Jakob Walder. Er stand mit sichtlich angespannter Haltung vor einer der Türen und klopfte diskret. Erna zog sich unauffällig in den Schatten einer überdimensionierten Bodenpflanze zurück.

Die Tür wurde geöffnet, und Jano Goldmann erschien im Rahmen, lässig nur mit einem seidenen Bademantel bekleidet, ein Champagnerglas in der Hand.

„Herr Walder! Welche Ehre so spät am Abend!", tönte Janos Stimme. „Suchen Sie spirituellen Beistand?"

„Herr Goldmann", begann Walder mit unterdrückter Verärgerung. „Ich muss Sie dringend bitten, Ihre... Ankündigung für morgen früh zu überdenken. Das ist extrem gefährlich und widerspricht allen Sicherheitsrichtlinien. Und Ihr Verhalten beim Abendessen... es hat für erhebliche Unruhe gesorgt."

Jano lachte schallend. „Ach, Jakob, entspannen Sie sich! Das ist gutes Marketing! Das bringt uns auf die Titelseiten!"

„Aber die Sicherheit, Herr Goldmann! Der Ruf meines Hotels!", stammelte Walder.

„Mein lieber Jakob", sagte Jano und tätschelte Walder gönnerhaft die Schulter. „Sorgen Sie sich nicht um meinen Kopf. Und Ihr

Hotel wird durch mich unsterblich. Vertrauen Sie mir." Mit diesen Worten schob er Walder sanft beiseite und schloss die Tür.

Walder blieb einen Moment wie erstarrt stehen, fuhr sich dann mit der Hand über das Gesicht und ging mit gesenktem Kopf und sichtlich frustriert davon. Erna beobachtete ihn nachdenklich. *Der hat ja regelrecht Angst vor dem Kerl,* dachte sie. Dass Walder ihn nach diesem unverschämten Verhalten und den Provokationen beim Essen nicht hochkant rauswirft, kann eigentlich nur einen Grund haben: Er fürchtet Janos Reichweite in den sozialen Medien wie der Teufel das Weihwasser. Ein Shitstorm von Goldmanns Kaliber, und das 'Alpen-Zen' könnte seine Pforten für immer schließen. Verständlich, dass er da eher versucht, die Wogen zu glätten, als klare Kante zu zeigen.

Zurück in ihrem Zimmer, die Balkontür einen Spaltbreit geöffnet, versuchte Erna, sich in ihren Krimi zu vertiefen. Doch die Ruhe währte nicht lange. Vom Flur oder einem der Nachbarbalkone drangen erneut Stimmen an ihr Ohr.

Zuerst eine scharfe, zornige Frauenstimme, die sie Lena Larcher zuordnete: „Du hinterhältiges, arrogantes Schwein! Glaubst du, du kommst mit dieser Nummer ungeschoren durch? Deine schmutzigen Spielchen und Lügen werden Konsequenzen haben, verlass dich drauf! Das wirst du noch bitter bereuen, das schwöre ich dir bei allem, was mir heilig ist!"

Darauf Janos höhnisches Lachen. „Konsequenzen? Süße, die einzige Konsequenz ist, dass mein Marktwert explodiert. Und du? Du bleibst die ewige Zweite in der Fitness-Hölle."

Die Tür wurde offenbar zugeschlagen. Kurze Stille.

Dann, nur wenige Minuten später, eine andere, tiefere Männerstimme, kontrolliert, aber mit einem unüberhörbar eisigen Unterton, den Erna Konrad König zuschrieb: „Goldmann, Sie überspannen den Bogen massiv. Es gibt Grenzen des guten

Geschmacks und der geschäftlichen Ethik, die auch Sie besser nicht überschreiten sollten. Sonst könnte es für Sie sehr, sehr ungemütlich werden! Und glauben Sie mir, das ist keine leere Drohung. Das, was Sie hier vorhaben und wie Sie mit Menschen umgehen, wird ernste Konsequenzen haben!"

Wieder Janos arrogante Erwiderung: „Ungemütlich? Für mich? Mein lieber Ex-Manager mit der schmutzigen Weste, ich glaube, Sie verwechseln da was." Erneutes, leiseres Türenknallen.

Viel später in der Nacht, als Erna endlich in einen unruhigen Halbschlaf gedämmert war, schreckte sie plötzlich hoch. Ein Geräusch. Ein dumpfes Poltern, direkt aus dem Flur oder einem der angrenzenden Zimmer, als wäre jemand ungeschickt gestolpert oder hätte etwas Schwereres fallen lassen. Unmittelbar darauf ein kurzer, keuchender, unterdrückter Laut – war es ein erschrockener Aufschrei gewesen? Ein Fluch? Erna saß kerzengerade im Bett, das Herz klopfte. Sie lauschte. Nichts. Absolute Stille.

„Blödsinn, Erna", murmelte sie. „Du hörst Gespenster." Sie versuchte, sich zu beruhigen.

Dennoch, das ungute Gefühl blieb. Dieser kurze, abgehackte Laut hatte sich beunruhigend echt angefühlt.

„Nicht mein Bier, ich bin im Urlaub", versuchte sie sich einzureden, aber ihr kriminalistischer Instinkt war hellwach. Er witterte Unheil. Und er sagte ihr unmissverständlich, dass der nächste Morgen im „Alpen-Zen" mehr bringen würde als nur Yoga und veganes Müsli.

II

Eine brutale Eskalation

Eine letzte Provokation

Tag 2, Früher Morgen (ca. 07:30)

Das Frühstück im „Alpen-Zen", serviert in der lichten, aber seelenlosen „KarmaKüche", war an diesem Morgen eine noch freudlosere Angelegenheit als am Vortag. Das „energetisierende Hirse-Porridge mit handverlesenen, sonnengeküssten Goji-Beeren und einem Hauch von Safran-Affirmation" auf Ernas Teller sah aus, als hätte es bereits bessere Tage gesehen und wäre dann von einem besonders fantasielosen Eichhörnchen wiederbelebt worden. Erna stocherte lustlos darin herum und sehnte sich mit jeder Faser ihres Körpers nach einem reschen Kornspitz mit echter Butter und frischem Schnittlauch. Die Stimmung unter den Retreat-Teilnehmern am Nebentisch war eisig. Die nächtlichen Konfrontationen hatten ihre Spuren hinterlassen; die Luft war so dick, dass man sie mit einem Brotmesser hätte schneiden können – wäre denn eines vorhanden gewesen, das scharf genug war.

Nur Jano Goldmann schien von alledem unberührt, ja, er schien die angespannte Atmosphäre geradezu zu genießen. Er löffelte demonstrativ sein „Super-Boost-Müsli" – „mit extra Chia-Samen für den mentalen Kick und sibirischem Ginseng für die unbesiegbare Aura, Leute! Ihr solltet das auch mal probieren, dann wärt ihr vielleicht nicht alle so verkrampft und negativ drauf!", verkündete er in die Runde, als wäre er ein Motivationstrainer vor einer besonders hoffnungslosen Gruppe. Sein Grinsen war breit und selbstgefällig. „Na, meine Lieben, alle schon gespannt auf meine kleine Performance? Mein 'Ikarus-Flow' wird der absolute Knaller! Eine Lektion in Furchtlosigkeit, wie man die Yoga-Philosophie auf die Spitze treibt! Live-Schalte auf all meinen Kanälen, versteht sich. Hunderttausende, vielleicht Millionen werden zusehen, wie Jano Goldmann die Gesetze der Schwerkraft neu definiert und dem Universum zeigt, was wahre mentale Stärke und grenzenloses Potenzial wirklich bedeuten!"

Erna dachte: *Seine Vorstellung von Yoga hatte mehr mit Zirkusakrobatik für soziale Medien zu tun als mit innerer Einkehr. Es war die übliche Masche solcher Influencer: Yoga als Lifestyle-Produkt, entkernt und auf Hochglanz poliert für maximale Klickzahlen.*

Sarah Fuchs, deren Gesicht unter einer dicken Schicht Make-up noch blasser wirkte als sonst und deren Augen von dunklen Ringen gezeichnet waren, versuchte es ein letztes, verzweifeltes Mal. Ihre Stimme zitterte nur ganz leicht, ein Beweis für ihre eiserne Selbstkontrolle. „Jano, bitte, ich flehe dich an, überdenk das noch einmal! Das ist wirklich keine gute Idee. Das Hotel hat strenge Sicherheitsvorschriften, und die Dachterrasse dort oben auf dem Turm... die Kante ist nicht gesichert... Und du weißt doch, nach deiner Aktion in Dubai damals, die gerade noch glimpflich ausging, wolltest du solche extremen Dinge doch lassen!"

„Ach, Sarahlein", winkte Jano mit einer herablassenden Handbewegung ab, als würde er eine lästige Fliege verscheuchen. „Sicherheitsvorschriften sind für Normalsterbliche und Angestellte wie dich, die Angst vor ihrem eigenen Schatten haben. Und Dubai war Publicity-Gold, das weißt du genau! Ich bin Jano Goldmann. Ich mache meine eigenen Regeln. Außerdem, ein bisschen Nervenkitzel hat noch niemandem geschadet. Bringt den Kreislauf in Schwung und die Klickzahlen nach oben!"

Silvia Fröhlich, die Lehrerin, die neben einem Stapel frisch ausgedruckter Horoskop-Charts saß, mischte sich mit ernster, fast schon beschwörender Miene ein. „Herr Goldmann, ich muss Sie nochmals eindringlich warnen! Ihr Mars steht heute in einer besonders kritischen und gefährlichen Spannung zu Ihrem Geburts-Neptun im zwölften Haus – dem Haus der Selbstauflösung und der verborgenen Feinde! Das ist kein Spaß, das ist eine überaus ernste Gefahr für Leib und Leben, besonders bei waghalsigen Unternehmungen in großer Höhe und vor den Augen der Öffentlichkeit! Die Sterne lügen nicht!" Jano lachte nur schallend, ein lautes, brüskierendes Geräusch, das die angespannte Stille im Frühstücksraum zerriss und einige Gäste zusammenzucken ließ. „Neptun? Mars? Süße, die einzigen Sterne, die mich interessieren, sind die fünf Sterne dieses Hotels – obwohl die Qualität des WLANs eher nach einem Sternenhimmel auf dem Campingplatz aussieht – und die Sterne, die meine begeisterten Follower mir in den Kommentaren geben werden! Astrologie ist was für Leute, die ihr Leben nicht im Griff haben!"

Lena Larcher, die mit perfekt aufgetragenem Make-up und im makellosen Sportoutfit bereits so aussah, als käme sie direkt von einem Fotoshooting für ein Hochglanzmagazin, beäugte Jano mit einem spöttischen Lächeln. „Pass bloß auf, dass dir dein gigantisches Ego da oben auf dem Turm nicht zu schwer wird, Jano. Könnte den Schwerpunkt ungünstig verlagern und deine grandiosen Flugkünste etwas abrupt und unschön beenden. Hast du eigentlich auch eine Landeerlaubnis für dein Ego beantragt, oder sprengt das den Rahmen?" Ihr Ton war schneidend und voller Verachtung.

Lars Vogt, der neben ihr saß, versuchte krampfhaft, einen Rest von Normalität zu demonstrieren. Er wandte sich Pascal zu, der gerade mit einer Kanne Kräutertee ("Innere Harmonie Spezialmischung") an den Tisch kam. „Ein... ein herrlicher Morgen, nicht wahr, Pascal? Die Luft ist so... so klar heute." Aber Erna, die ihn aus den Augenwinkeln mit der Präzision eines Raubtiers beobachtete, sah, wie seine Hände so stark zitterten, als er nach seiner Kaffeetasse griff, dass er einen Teil des Inhalts auf die blütenweiße Tischdecke verschüttete. Er murmelte eine unzusammenhängende Entschuldigung und vermied jeden Blickkontakt mit Jano.

Konrad König schwieg und blätterte ungerührt in einer internationalen Wirtschaftszeitung, als ginge ihn das alles nichts an. Er nippte an seinem schwarzen Kaffee und machte sich gelegentlich mit einem teuren Füllfederhalter Notizen auf einem kleinen Lederblock. Hannes Hofer hingegen saß da wie ein Häufchen Elend, tupfte sich immer wieder mit einer Serviette den Schweiß von der Stirn und schob sein unberührtes Müsli nervös auf dem Teller hin und her, als suche er darin nach einer Lösung für seine offensichtlichen Probleme.

Jano, sichtlich erfreut über die Aufmerksamkeit und die unterschwellige Feindseligkeit, die ihm von allen Seiten entgegenschlug, zog seine kleine, moderne Drohne aus seiner Designertasche. Das Gerät glänzte im Morgenlicht. „Und mein kleiner fliegender Freund hier," er tätschelte das Gehäuse, als wäre es ein treues Schoßhündchen, „wird alles perfekt für meine Millionen von Bewunderern festhalten. Ich hab sie gestern Abend noch feinjustiert und so programmiert, dass sie mich umkreist und die spektakulärsten Bilder aus den unglaublichsten Winkeln liefert. State of the Art, Baby! Ein Knopfdruck auf meinem Tablet, und die Show beginnt!" Er blickte dabei herausfordernd in die Runde, ein triumphierendes Grinsen auf den Lippen, als wollte er jeden Einzelnen provozieren und seine Überlegenheit demonstrieren.

Erna hatte genug gehört und vor allem genug von Janos unerträglicher Selbstinszenierung und seiner ignoranten Arroganz gesehen. Sie schob ihr unberührtes Porridge, das mittlerweile eine Konsistenz angenommen hatte, die an frisch angerührten Zement erinnerte, mit einer energischen Bewegung von sich. Sie verließ den Frühstücksraum und beschloss, sich auf ihr Zimmer „Solarplexus" zurückzuziehen. Der Kaffee hier oben war zwar auch nicht das Gelbe vom Ei, aber mit ihrem heimlich aus Innsbruck mitgebrachten Milchpulver und einem Löffel Zucker konnte sie ihn zumindest auf ein für sie erträgliches Niveau heben. Von ihrem Balkon aus hatte sie einen guten, wenn auch etwas seitlichen Blick auf die besagte Dachterrasse des Hotelturms und den gläsernen Windfang, auf dem Jano Goldmann in Kürze seinen Auftritt als moderner Ikarus plante.

Sie war sich nicht sicher, warum sie dieses Schauspiel unbedingt beobachten wollte. Vielleicht war es ihre kriminalistische Neugier, die sie auch im Ruhestand nicht ablegen konnte, vielleicht auch nur eine makabre Faszination für menschliche Dummheit und grenzenlose Selbstüberschätzung.

Erna holte das alte, aber lichtstarke Fernglas ihres verstorbenen Mannes Franz aus dem Koffer. Es hatte ihr schon bei mancher Observation in zwielichtigen Gegenden gute Dienste geleistet. Heute würde es vielleicht Zeuge eines ganz anderen Dramas werden.

Der Absturz eines Egomanen

Erna hatte sich mit ihrem Fernglas auf dem kleinen Balkon ihres Zimmers „Solarplexus" postiert, das alte Glas ihres verstorbenen Mannes Franz fest in den Händen. Der Kaffee, den sie sich gemacht hatte, war zwar immer noch nicht mit dem ihres Innsbrucker Stammcafés zu vergleichen, aber die Situation erforderte höchste Konzentration und Koffein. Von hier aus hatte sie einen guten, wenn auch leicht seitlichen und von unten gerichteten Blick auf die exponierte Kante der Dachterrasse des hohen Hotelturms und den gläsernen Windfang, der nun zur Bühne für Jano Goldmanns Selbstinszenierung werden sollte. Die meisten Retreat-Teilnehmer, so vermutete sie, hatten sich oben auf der Dachterrasse versammelt, um das Spektakel zu beobachten; schemenhaft konnte sie einige Gestalten hinter dem Geländer erkennen, aber für eine genaue Identifizierung war die Entfernung zu groß und der Winkel ungünstig. Ihr Fokus lag ohnehin auf Jano.

Jano Goldmann, in einem neongelben Outfit, das in der klaren Morgenluft fast schmerzhaft leuchtete, zelebrierte bereits die ersten Posen seiner waghalsigen 'Ikarus-Flow' Yoga-Sequenz am äußersten Rand des gläsernen Windfangs. Er streckte die Arme aus, verharrte in einer anspruchsvollen einbeinigen Balancehaltung, die er den 'Gipfelstürmer-Adler' nannte, und gestikulierte theatralisch in die Kamera seines Smartphones, das auf einem kleinen Stativ befestigt war und zweifellos live in die Welt sendete. Dann aktivierte er mit einer lässigen Handbewegung seine Drohne. Das kleine, summende Fluggerät stieg rasch auf und begann, ihn in weiten Kreisen zu umfliegen, genau wie er es angekündigt hatte – programmiert für die spektakulärsten Bilder seines Triumphs.

Erna hob das Fernglas an die Augen und fokussierte die Szene mit der Präzision einer Scharfschützin. Sie war keine Freundin von Sensationslust, aber ihr Instinkt sagte ihr, dass sie hier jedes Detail genauestens beobachten musste. Plötzlich, als Jano die Hände auf die Oberkante des Glasgeländers legte, um sich für eine besonders waghalsige Pose abzustützen, und seine Füße auf der schmalen Kante nach Halt suchten, bemerkte sie etwas Seltsames, etwas, das nicht dorthin gehörte. Dort, wo seine Hände das Glas berührten und wo seine teuren Sportschuhe Halt finden sollten, schien die Glasoberfläche anders zu reflektieren als der Rest. Ein feiner, fast unsichtbarer Schimmer, der das Licht auf eine merkwürdige, regenbogenfarbene Weise brach.

Ernas kriminalistischer Verstand schaltete sofort auf Alarmstufe Rot. Das ist kein normaler Zustand für eine Glasfläche in dieser Höhe, die Wind und Wetter ausgesetzt ist. Das ist kein Tau, keine normale Verschmutzung.

Jano lachte laut in seine Handykamera, wechselte elegant in eine weitere Pose, die er als 'Krieger des Lichts am Rande des Nichts' ankündigte, und machte eine übertriebene Verbeugung in Richtung seiner unsichtbaren Online-Anhängerschaft. „Und jetzt, meine Freunde, der Moment der Wahrheit! Jano Goldmann, der Bezwinger der Schwerkraft, der Meister der mentalen Stärke, der Beweis, dass es keine Grenzen gibt!" Er richtete sich auf, die Arme ausgebreitet wie ein Gaukler auf dem Hochseil, balancierte für einen Moment freihändig in einer anspruchsvollen Pose auf der schmalen, glatten Kante.

Dann ging alles blitzschnell.

Seine Füße schienen plötzlich jeden Halt zu verlieren. Erna sah durch das Fernglas, wie er mit einem gellenden, überraschten Laut aufschrie, der jäh abbrach und in ein Würgen überging. Seine Hände krallten sich verzweifelt an der nun spiegelglatten Glaskante fest, für einen Sekundenbruchteil schien er sich halten zu können, sein Körper zuckte, die Muskeln spannten sich bis zum Zerreißen.

„Das Öl! Du verdammtes Schwein!", brüllte er, die Worte vom aufkommenden Wind fast verschluckt und für die Gruppe oben auf der Terrasse vermutlich nicht zu verstehen, aber für Erna, die mit angehaltenem Atem durch das Fernglas starrte, durch die relative Stille der Bergwelt erschreckend deutlich.

Dann versagte sein Griff.

Mit einem letzten, erstickten Laut kippte sein Körper vornüber. Erna verfolgte mit Entsetzen, wie er vom hohen Hotelturm in die Tiefe stürzte, ein kurzer, verzweifelter Kampf in der Luft, dann schlug er mit einem dumpfen Aufprall direkt auf dem steinernen Vorplatz vor dem Hoteleingang auf. Ein lebloses Bündel Neon.

Fast zeitgleich, als hätte sie einen unsichtbaren Schlag erhalten oder ihren Steuerbefehl verloren, begann die kleine Drohne unkontrolliert zu trudeln. Sie schlingerte wild durch die Luft, ein unheilvolles, fast panisches Summen, schlug dann mit einem lauten Knacken gegen die Hauswand und fiel ebenfalls krachend zu Boden. Sie landete mit zerbrochenen Rotorarmen auf einem etwas tiefer gelegenen Vordach einer scheinbar unbenutzten Hotelsuite. Erna fragte sich kurz, ob die plötzliche Windböe oder der Verlust des Fixpunktes den Absturz verursacht hatte, oder ob da oben im Chaos noch etwas anderes vorgefallen war, das sie aus ihrer Perspektive nicht hatte sehen können.

Von der Dachterrasse drangen nun panische Schreie und aufgeregte Rufe zu ihr herüber, ein Gemisch aus Entsetzen und Unglaube. Was genau dort oben im Moment des Sturzes passiert war, wer wo gestanden oder welche Bewegung gemacht hatte, konnte Erna aus ihrer seitlichen und tieferen Perspektive nicht gesehen haben. Ihre Aufmerksamkeit war voll auf Jano gerichtet gewesen.

Ernas Herz hämmerte ihr bis zum Hals. Ihre Hände, die das Fernglas umklammerten, zitterten leicht, aber ihr Verstand arbeitete mit eiskalter Präzision. „Kein Unfall", formte sich der Gedanke mit unabweisbarer Klarheit in ihrem Kopf, noch bevor Janos letzte Worte ganz verhallt waren. „Das war kein verdammter Unfall. Das war Mord." Der ölige Schimmer, den sie vor dem Sturz gesehen hatte, Janos verzweifelter Ausruf. Das war eine Falle gewesen.

Sie ließ das Fernglas auf den kleinen Balkontisch fallen, ein leises Klirren. Sie musste nach unten. Sofort. Ihr „Urlaub" hatte gerade eine böse Wendung genommen.

Panik auf der Panorama-Terrasse:
Zwischen Sensationsgier und Seelenqual

Tag 2, Morgen (ca. 08:05 - 09:00)

Erna stürmte die Treppen hinunter, ihr Herz pochte wie ein Presslufthammer gegen ihre Rippen. Die Aufzüge waren ihr in diesem Moment zu langsam, zu unzuverlässig. Ihr erster Weg führte sie nicht zur Dachterrasse, von wo die panischen Schreie gellten, sondern instinktiv in den Hotelgarten, zu der Stelle direkt vor dem Haupteingang, auf die Janos Körper gestürzt war. Sie musste sich mit eigenen Augen Gewissheit verschaffen. Der Anblick, der sich ihr bot, war grausam und ließ keinen Zweifel mehr zu: Jano Goldmann lag mit unnatürlich verdrehten Gliedmaßen auf den teuren Steinplatten des Vorplatzes. Seine Augen, sonst so voller Arroganz und Selbstverliebtheit, starrten leer in den strahlend blauen Maihimmel. Das neongelbe Outfit wirkte nun wie die grelle Verhöhnung eines gescheiterten Höhenflugs. Erna, die in ihrer langen Laufbahn bei der Kriminalpolizei schon unzählige Tote gesehen hatte, stellte mit einem kurzen, professionellen Blick fest, dass hier jede Hilfe zu spät kam. Das Genick schien gebrochen, der Aufprall aus dieser Höhe war brutal und endgültig gewesen.

Dann erst eilte sie zurück ins Hotel und die Treppen hinauf zur Dachterrasse des Hotelturms. Das Chaos dort oben war ohrenbetäubend und entsprach genau dem, was sie nach dem Sturz erwartet hatte. Sarah Fuchs stand wie vom Donner gerührt da, ihr Gesicht eine Maske des Entsetzens, die Hände vor den Mund geschlagen, und stammelte unzusammenhängende Worte, Tränen liefen ihr über die Wangen. Lena Larcher hingegen, ungerührt von der allgemeinen Panik und dem menschlichen Drama, filmte mit ihrem Smartphone seelenruhig weiter, ihr Kommentar war nun von einer makabren, fast schon ekstatischen Sensationsgier geprägt: „Krassester Stunt-Fail ever, meine Lieben! Live aus dem

Alpen-Zen! Das ist der absolute Wahnsinn! Ihr seht hier die totale Panik, die ungeschminkte Realität! Vergesst nicht zu teilen!"

Lars Vogt hatte sich an die Brüstung geklammert und starrte mit aufgerissenen, leeren Augen in die Tiefe, sein Gesicht hatte eine ungesunde, grünliche Blässe angenommen, und er schien zu hyperventilieren. Hannes Hofer rannte wie ein aufgescheuchtes Huhn auf der Terrasse hin und her, gestikulierte wild und schrie wirr durcheinander, während Sabrina Steiner unter Schock an ihrer Kamera zerrte und leise wimmerte. Konrad König stand mit verschränkten Armen etwas abseits, sein Gesicht eine undurchdringliche Maske aus stoischer Ruhe, und beobachtete das Treiben mit einer fast schon unheimlichen, distanzierten Kühle. Karl Berger und Silvia Fröhlich versuchten unbeholfen, einige der hysterischeren Gäste zu beruhigen, die aus den umliegenden Suiten herbeigeeilt waren und nun entsetzt auf die Szenerie blickten.

„Ruhe!", donnerte Erna mit einer Autorität in der Stimme, die Jahrzehnte im Polizeidienst geschliffen hatten und die die Anwesenden für einen Moment tatsächlich innehalten und sie anstarren ließ. Ihr Blick war scharf und taxierend. „Hat schon jemand den Notarzt und die Polizei verständigt?"

Sarah Fuchs blickte sie mit glasigen Augen an, unfähig zu sprechen. Pascal, der junge Hotelangestellte, der kreidebleich und zitternd danebenstand, nickte hastig. „Ja, Frau... ich... ich habe sofort angerufen. Sie... sie sind unterwegs."

„Gut", sagte Erna knapp. Dr. Eva Lindner, die Ärztin, war inzwischen ebenfalls auf der Terrasse erschienen, ihren Notfallkoffer bereits geöffnet in der Hand. Sie warf einen schnellen, professionellen Blick über die Brüstung, dann zu Erna, und schüttelte kaum merklich den Kopf. „Da ist nichts mehr zu machen", sagte sie leise, aber bestimmt. Ihre Stimme war der einzige ruhige Pol in diesem Chaos. Dann wandte sie sich den geschockten Gästen zu, ihre Stimme ruhig und beruhigend, und begann, sich um diejenigen zu kümmern, die kurz vor einem Kollaps standen oder hysterisch waren, insbesondere um Sarah Fuchs, die nun hemmungslos schluchzte.

„Niemand fasst hier irgendetwas an!", wies Erna die Umstehenden mit einer unmissverständlichen Geste an. „Bleiben Sie, wo Sie sind, bis die Polizei eintrifft. Und halten Sie gefälligst Abstand von der Absturzkante!" Ihre Augen fixierten den Bereich, an dem Jano gestanden hatte. Der ölige Schimmer auf dem Glas war aus der Nähe noch deutlicher zu erkennen, ein verräterischer, glänzender Film, der in der allgemeinen Aufregung bisher offenbar niemandem außer ihr aufgefallen war. Sie prägte sich das genaue Aussehen und die Verteilung der Substanz ein. Die abgestürzte Drohne auf dem Vordach unterhalb der Terrasse registrierte sie ebenfalls als potenziell wichtiges Beweismittel.

In diesem Moment stürmte Hoteldirektor Jakob Walder auf die Terrasse, sein sonst so tadelloser Anzug wirkte zerknittert, sein Gesicht war eine Maske der Panik, die er krampfhaft zu überspielen versuchte. „Ein schrecklicher Unfall! Ein furchtbares, tragisches Unglück!", wiederholte er wie eine Gebetsmühle und versuchte, die neugierigen Blicke der Hotelgäste von der Absturzkante wegzulenken, während er gleichzeitig Pascal anwies, die anderen Gäste diskret von der Terrasse zu bitten. „Bitte, meine Damen und Herren, bewahren Sie Ruhe! Es ist alles unter Kontrolle! Ein sehr bedauerlicher Unfall! Wir tun alles, um die Situation zu klären und die Privatsphäre aller Beteiligten zu schützen." Seine Stimme klang eine Oktave höher als sonst, fast schon hysterisch.

Erna sah ihn scharf an. „Unfall, Herr Walder? Das werden wir ja noch sehen. Es wäre jetzt vor allem wichtig, dass hier nichts verändert oder kontaminiert wird, bis die zuständigen Behörden eintreffen und eine ordentliche Spurensicherung durchgeführt haben."

Walders Blick traf ihren, und für einen Moment wich die gespielte Besorgnis einem Ausdruck blanker Verärgerung und kaum verhohlener Feindseligkeit. Er wusste instinktiv, dass diese resolute, ältere Dame mit dem Röntgenblick ihm und seinem sorgfältig gepflegten Image des exklusiven „Alpen-Zen" noch erhebliche Schwierigkeiten bereiten konnte. „Selbstverständlich, Frau... Gruber", presste er mit zusammengebissenen Zähnen hervor. „Die Diskretion und das Wohl unserer Gäste haben für mich und mein Haus oberste Priorität." Was wohl so viel hieß wie: Vertuschen, was das Zeug hält – und bloß keine negativen Schlagzeilen.

Erna wandte sich ab. Sie warf einen letzten prüfenden Blick auf die Gesichter der Anwesenden, die nun von Pascal und anderen herbeigeeilten Hotelangestellten diskret von der unmittelbaren Absturzstelle weggeführt wurden. Lars Vogt stand immer noch apathisch da. Lena Larcher hatte ihr Handy gesenkt, ihr Gesichtsausdruck war nun undurchschaubar, fast schon triumphierend. Konrad König musterte Erna mit einem kaum merklichen, fast spöttischen Lächeln, als würde er ein besonders interessantes Schachspiel beobachten. Hannes Hofer zitterte am ganzen Leib und stammelte vor sich hin. Sarah Fuchs wurde von Dr. Lindner gestützt und schluchzte unaufhörlich.

In der Ferne hörte man das erste, leise Heulen einer Sirene, das langsam, aber unaufhaltsam näherkam. Die offizielle Maschinerie begann anzulaufen. Erna wusste, dass ihre Zeit für ungestörte Beobachtungen und erste eigene Schlüsse begrenzt war. Der „Fall Alpen-Zen" hatte gerade erst richtig begonnen.

Ignoranz in Uniform

Tag 2, Vormittag (ca. 09:00 - 11:00)

Das Heulen der Sirenen wurde lauter und kurz darauf traf ein Rettungswagen, dicht gefolgt von einem einzelnen Streifenwagen der örtlichen Polizei, vor dem gläsernen Eingang des „Alpen-Zen" ein. Der Notarzt, ein junger, ernster Mann mit müden Augen, eilte sofort zur Unglücksstelle im Hotelgarten, wo Dr. Lindner ihn bereits erwartete und ihm in knappen Worten die Situation schilderte. Nach einer kurzen, aber gründlichen Untersuchung konnte er, wie Dr. Lindner zuvor, nur noch den Tod von Jano Goldmann feststellen. Ein knappes Nicken in Richtung der Polizisten, die gerade die Lobby betraten und sich einen Weg durch die aufgeregten, flüsternden Hotelgäste bahnten, genügte.

Inspektor Holzer, ein Mann Ende vierzig mit einer Figur, die eher auf eine Vorliebe für Schweinsbraten als für Yoga-Retreats schließen ließ, und einem Ausdruck chronischer Amtsmüdigkeit im Gesicht, schob sich an den verängstigten Hotelgästen vorbei. Dicht auf seinen Fersen war eine junge, aufmerksame Wachtmeisterin mit wachen Augen und einem Notizblock in der Hand, die Erna als Wachtmeisterin Eder identifizierte. Hoteldirektor Jakob Walder stürzte sofort auf Holzer zu, seine Stimme ein konspiratives, fast schon panisches Flüstern. „Inspektor, ein furchtbarer, tragischer Unfall! Der junge Mann hat sich offenbar selbst überschätzt... Leichtsinn... Alkohol war wohl auch im Spiel... Sie verstehen, Inspektor, für den Ruf unseres Hauses, für den Tourismus hier in der Region... eine diskrete und schnelle Abwicklung wäre... von größter Wichtigkeit." Walders Hände rangen miteinander, als wolle er die Worte physisch aus Holzer herauspressen.

Erna, die das Gespräch mit spitzen Ohren verfolgte und sich innerlich für die bevorstehende Konfrontation wappnete, trat entschlossen vor. „Inspektor Holzer, mein Name ist Gruber. Erna Gruber, Kriminalhauptkommissarin außer Dienst aus Innsbruck." Sie ignorierte das warnende, fast schon feindselige Augenrollen des Direktors Walder.

Holzer musterte sie von oben bis unten, sein Blick verriet eine Mischung aus Überraschung und schlecht verborgener Gering- schätzung für „Gschaftlhuber aus der Stadt". „Aha, eine Kollegin a.D. also. Aus Innsbruck, soso. Und was haben Sie so Wichtiges beobachtet, Frau... Gruber, dass es nicht warten kann, bis ich die offiziellen Zeugen befragt habe?"

„Das war kein Unfall, Inspektor", sagte Erna bestimmt und ließ sich von seinem abfälligen Ton nicht beirren. „Ich habe den Vorfall von meinem Balkon aus mit einem Fernglas beobachtet. Auf der Glaskante der Brüstung dort oben", sie deutete unmissverständ- lich zur Absturzstelle auf der Dachterrasse des Turms, „befindet sich ein deutlicher, öliger Film. Und Herr Goldmann hat, kurz bevor er den Halt verlor und stürzte, noch gerufen: 'Das Öl! Du ver- dammtes Schwein!'. Außerdem ist seine private Drohne, die ihn während des Stunts filmen sollte, ebenfalls abgestürzt und liegt auf dem Vordach dort drüben. Die Speicherkarte dieser Drohne könnte entscheidende Aufnahmen enthalten."

Holzer seufzte theatralisch und warf einen genervten Blick zu Direktor Walder, als wolle er sagen: *Sehen Sie, was für übereifrige Pensionisten wir hier haben.* „Meine liebe Frau Gruber", sagte er dann mit gespielter Geduld, „bei allem Respekt vor Ihrer früheren Tätigkeit und Ihrem sicherlich geschulten Blick, aber ein öliger Film kann alles Mögliche sein. Sonnencreme, vielleicht hat der junge Mann ja auch nur einen dieser neumodischen Energy-Drinks ver- schüttet. Und was die Leute in Panik nicht alles rufen! Da hört man die wildesten Sachen." Er winkte abfällig ab. „Ich mache diesen Job schon seit zwanzig Jahren, meine Liebe, ich weiß, wie so was aussieht."

Ernas innere Kommentare zu Holzers „zwanzigjähriger Erfahrung im Sonnencreme-Analysieren" behielt sie für sich.

„Und die Drohne, Inspektor?", hakte sie unnachgiebig nach.

„Ein technischer Defekt, ganz klar", erwiderte Holzer lapidar, ohne auch nur einen Blick in Richtung des Vordachs zu werfen. „Diese neumodischen Dinger sind unzuverlässig und stürzen ständig ab. Das wird sicher nichts mit der Sache zu tun haben." Er wandte sich demonstrativ ab. „Wir werden jetzt die Zeugen auf der Terrasse befragen. Wachtmeisterin, kommen Sie!"

Die „Befragungen" waren eine Farce und spiegelten Holzers vorgefasste Meinung wider. Er stellte den sichtlich geschockten und teilweise hysterischen Gästen auf der Dachterrasse ein paar oberflächliche, suggestive Fragen ("Er ist also einfach abgerutscht, nicht wahr?", „Hat er getrunken?"). Die meisten konnten oder wollten nichts Konkretes sagen. „Es ging alles so schnell", „Ich habe nichts genau gesehen", „Er hat einfach das Gleichgewicht verloren" – das waren die häufigsten, von Holzer wohlwollend zur Kenntnis genommenen Antworten. Lars Vogt stammelte Unverständliches und zitterte am ganzen Leib. Lena Larcher gab kühl zu Protokoll, sie habe sich auf ihre Handyaufnahme konzentriert und nur den Sturz selbst gesehen. Konrad König zuckte nur mit den Achseln und meinte, es sei „ein bedauerlicher Fall von Selbstüberschätzung" gewesen. Direktor Walder bestätigte noch einmal mit ernster Miene seine Theorie vom „tragischen Unglücksfall durch Leichtsinn und vermutlich auch Alkoholeinfluss". Wachtmeisterin Eder machte sich zwar eifrig Notizen und warf Erna immer wieder kurze, fast schon entschuldigende Blicke zu, aber Holzer schien bereits sein Urteil gefällt zu haben und die Sache so schnell wie möglich vom Tisch haben zu wollen.

Die Dachterrasse wurde mit einem dünnen Flatterband eher symbolisch als effektiv abgesperrt. Erna bezweifelte stark, dass hier eine auch nur annähernd professionelle Spurensicherung stattfinden würde. Die Priorität lag offensichtlich darauf, den „Betriebsfrieden" und das makellose Image des „Alpen-Zen" so schnell wie möglich wiederherzustellen.

Nachdem der örtliche Bestatter, ein hagerer Mann mit der Miene eines Menschen, der schon alles gesehen hat, Janos Leiche diskret abtransportiert hatte, schien Holzer den Fall bereits abzuschließen.

„Nun gut, meine Damen und Herren", verkündete er in die Runde der verbliebenen Zeugen und Hotelangestellten, die sich mittlerweile in der Lobby versammelt hatten. „Nach ersten Erkenntnissen und der Befragung aller Anwesenden deutet alles auf einen tragischen Unfall hin. Herr Goldmann hat sich bei seinem waghalsigen Stunt offenbar selbst überschätzt. Wir werden die Akte entsprechend bearbeiten und der Staatsanwaltschaft übergeben. Damit ist der polizeiliche Einsatz hier beendet." Er klopfte Direktor Walder aufmunternd auf die Schulter. „Keine Sorge, Herr Direktor, wir werden das äußerst diskret und unaufgeregt behandeln. Der Tourismus in unserer schönen Region darf darunter nicht leiden."

Walder atmete sichtlich erleichtert auf. „Vielen, vielen Dank, Inspektor! Ihre Effizienz und Ihr professionelles Vorgehen sind bemerkenswert. Ich bin froh, dass diese unglückliche Angelegenheit nun so schnell und diskret geklärt ist und wieder Ruhe und Harmonie in unser Haus einkehren kann." Er warf Erna einen kurzen, triumphierenden Blick zu.

Erna kochte vor Wut. Diese Ignoranz, diese Oberflächlichkeit, diese offensichtliche Kungelei! Das war nicht nur Inkompetenz, das grenzte an vorsätzliche Pflichtverletzung.

Als die Polizisten sich zum Gehen wandten, etwa zwei Stunden nachdem sie eingetroffen waren, und Inspektor Holzer bereits wichtige Telefonate zu führen schien, gelang es Wachtmeisterin Eder, unauffällig zu Erna zu treten. „Frau Gruber", flüsterte sie und schob ihr eine kleine, neutrale Visitenkarte mit einer handschriftlichen Handynummer zu. Ihre jungen Augen blickten Erna ernst und fast schon flehentlich an. „Ich glaube Ihnen jedes Wort. Inspektor Holzer... nun ja, er sieht die Dinge manchmal etwas... pragmatisch, besonders wenn Herr Direktor Walder involviert ist." Sie senkte die Stimme noch mehr. „Wenn Ihnen noch etwas Wichtiges einfällt oder Sie Informationen haben, die... nun ja, die vielleicht auf offiziellem Wege untergehen könnten... rufen Sie mich bitte an. Diskret, versteht sich." Ein kurzes, verständnisvolles Nicken, dann eilte sie ihrem Chef hinterher, der bereits ungeduldig am Ausgang wartete.

Erna steckte die Karte ein. Ein kleiner Hoffnungsschimmer in diesem Sumpf aus Ignoranz und offensichtlicher Vertuschung. Aber es war klar: Wenn dieser Fall aufgeklärt werden sollte, musste sie es selbst in die Hand nehmen. Holzer würde die Akte schneller schließen, als man „Zirbenholz-Chakra-Ausgleich für Fortgeschrittene" sagen konnte, und Walder würde ihm dabei kräftig applaudieren.

Ihr Entschluss stand nun endgültig fest. Sie würde ermitteln. Heimlich, diskret, aber mit der Hartnäckigkeit einer Tiroler Bergziege. Dieser angebliche „Unfall" stank zum Himmel. Und Erna Gruber hatte eine verdammt gute Nase für faulige Angelegenheiten – und für ignorante Dorfpolizisten.

III

Jetzt ermittelt Erna!

Spurensicherung Undercover:
Öl, Schrammen und ein geheimer Aufgang

Tag 2, Mittag (ca. 12:00)

Nachdem Inspektor Holzer und seine Wachtmeisterin mit der Aura abgeschlossener Pflichterfüllung das „Alpen-Zen" verlassen hatten und Hoteldirektor Walder eilig damit beschäftigt war, den Anschein von Normalität wiederherzustellen und besorgte Gäste zu beruhigen, zog sich Erna auf ihr Zimmer zurück. Sie wartete eine gute halbe Stunde, in der sie die geschäftigen Telefonate Walders und das nervöse Getrippel des Personals aus der Ferne wahrnahm. Sie hatte mitbekommen, wie Walder dem leitenden Hausmädchen mit Nachdruck Anweisungen gegeben hatte, die Dachterrasse des Turms „so schnell wie möglich wieder in einen für unsere anspruchsvollen Gäste absolut repräsentativen und energetisch reinen Zustand zu versetzen" – was für Erna nichts anderes hieß, als dass mögliche Beweise in Kürze mit umweltfreundlichem Allzweckreiniger und positiven Mantras vernichtet werden würden.

Mit der Miene einer harmlosen, leicht verwirrten Pensionistin, die auf der Suche nach der Toilette oder dem Ausgang zum „Kraftplatz im Garten" war, schlich sie sich die Treppe zur Dachterrasse des Hotelturms hoch. Das dünne, rot-weiße Flatterband der Polizei war eine Lachnummer und ließ sich mit einem demonstrativ ungeschickten „Hoppala" leicht überwinden. Sie tat so, als würde sie die atemberaubende Aussicht auf die schneebedeckten Gipfel bewundern, während ihre Augen wachsam und systematisch die Umgebung absuchten. Niemand hier. Gut. Die meisten Gäste waren beim Mittagessen oder hatten sich in ihre Suiten verkrochen.

Schnell, aber ohne jede Hektik, ging sie zu der Stelle, an der Jano Goldmann gestanden hatte, bevor er in die Tiefe gestürzt war. Der ölige Film auf der Oberkante des Glasgeländers war immer noch da. Erna zog ein frisches Papiertaschentuch und ein kleines, durchsichtiges Plastiktütchen aus ihrer Handtasche – Standardausrüstung aus alten Zeiten, die sie auch im Ruhestand nicht abgelegt hatte. Vorsichtig tupfte sie eine Probe der öligen Substanz auf, achtete darauf, möglichst viel davon zu erwischen. Sie faltete das Tuch sorgfältig und ließ es im Tütchen verschwinden. Das würde später im Labor untersucht werden müssen – falls sie es jemals offiziell übergeben konnte. Sie schnupperte an ihren Fingern. Ein eigenartiger Geruch stieg ihr in die Nase: leicht harzig, ein wenig blumig, aber auch mit einer unverkennbar künstlichen, fast schon chemischen Note. Definitiv keine Sonnencreme und auch kein normales Haushalts- oder Speiseöl. Das war etwas Spezifisches, etwas, das hier nicht hingehörte.

Ihr Blick wanderte suchend über die Glaskante. Genau an der Stelle, an der Jano vermutlich den verzweifelten Versuch unternommen hatte, sich festzuhalten, entdeckte sie eine winzige, aber frische Schramme im sonst makellosen Sicherheitsglas, vielleicht auch an der schmalen metallenen Einfassung. Kaum sichtbar für ein ungeübtes Auge, aber für Erna ein mögliches Zeichen für ein kurzes Handgemenge, ein verzweifeltes Festhalten oder das scharfe Abrutschen eines harten Gegenstandes – vielleicht ein Schuhabsatz, ein Ring, oder etwas ganz anderes, das mit dem öligen Film interagiert hatte.

Dann spähte sie über die Brüstung. Die zerstörte Drohne von Jano Goldmann lag immer noch wie ein abgeschossener Vogel auf dem flachen Vordach einer scheinbar unbenutzten Hotelsuite ein Stockwerk tiefer. Daran würde sie so schnell nicht herankommen, aber die Speicherkarte darin könnte Gold wert sein.

Ihr Blick fiel nun bewusster als bei ihrer ersten, hektischen Inspektion auf eine unscheinbare Metalltür am hinteren, weniger einsehbaren Ende der Terrasse, halb verdeckt von einer großen, exotisch anmutenden Zierpflanze in einem überdimensionierten Terrakotta-Topf. Die Tür war nicht als offizieller Zugang gekennzeichnet. Sie führte, wie Erna nun mit ihrem geschulten Blick für bauliche Gegebenheiten vermutete, zu einer schmalen Service-Treppe, die vermutlich direkt in die unteren Servicebereiche des Hotels führte – vielleicht in den Wirtschaftshof oder den Personalbereich im Keller. Ein diskreter Weg für jemanden, der ungesehen auf die Dachterrasse gelangen und sie wieder verlassen wollte, um etwas vorzubereiten oder Spuren einer Tat zu beseitigen. Dieser Gedanke ließ sie nicht mehr los. Der Täter musste diesen Weg gekannt haben.

Genug für den Moment. Sie hatte eine Probe, sie hatte wichtige Beobachtungen gemacht. Sie hörte leise Schritte und das Klappern von Putzeimern aus dem Treppenhaus. Die von Walder beorderte Reinigungskolonne rückte an. Höchste Zeit, diesen Ort des „Unfalls" wieder in eine sterile „Oase der Ruhe und Harmonie" zu verwandeln. Erna schlüpfte unauffällig wieder unter dem Flatterband hindurch, gerade als die zwei Mitarbeiter des Reinigungsteams mit ernsten Mienen die Terrasse betraten.

Sie machte sich auf den Weg zum Mittagessen. Ihr Magen knurrte. Mordermittlungen, selbst die inoffiziellen und unter erschwerten Bedingungen, machten hungrig. Und die „KarmaKüche" versprach wenig Sättigendes. Zum Glück gab es ja noch Bruni Schnitzler und ihre hoffentlich gut gefüllte Handtasche.

Diskrete Ermittlungen

Tag 2, Mittagessen (ca. 13:00)

Nach ihrer heimlichen Expedition auf die Dachterrasse fühlte sich Erna zwar nicht unbedingt erleuchtet, aber immerhin um eine Ölprobe und einige wichtige Beobachtungen reicher. Sie betrat die „KarmaKüche", wo das Mittagessen – „Meditatives Hirse-Risotto mit achtsam gedünstetem Fenchel und einem Hauch von Nichts, bestreut mit handgepflückten Wildkräuter-Pixeln" – bereits auf die Gäste wartete. Die Stimmung war gedrückt. Die meisten Tische waren nur spärlich besetzt, die Gespräche, wenn überhaupt vorhanden, wurden im Flüsterton geführt. Der Tod Jano Goldmanns lag wie ein schwerer, unverdaulicher Kloß auf dem Magen des „Alpen-Zen".

Erna steuerte zielstrebig auf einen Tisch zu, an dem Bruni Schnitzler bereits saß und mit sichtlichem Missfallen in einer Schale mit etwas blassgrün Gekochtem stocherte, das entfernt an pürierten Spinat erinnerte.

„Na, Frau Gruber?", begrüßte Bruni sie mit einem Anflug von Galgenhumor. „A wieder am Hungertuch nagen? I hab heut was G'scheids dabei, falls S' mögen." Sie öffnete unauffällig ihre große Handtasche und zauberte zwei knackige Kaminwurzen und ein Stück dunkles Roggenbrot hervor, sorgfältig in ein Leinentuch gewickelt. „Selbstg'macht is halt doch am besten. Und hält sich a paar Tag, wenn ma's gscheid einpackt."

Erna konnte ein Lächeln nicht unterdrücken. „Frau Schnitzler, Sie sind ein wahrer Schatz. Und eine Lebensretterin." Sie nahm dankbar eine der würzig duftenden Würste und ein Stück Brot entgegen. Der herzhafte Geruch war eine Wohltat nach all dem Zirben- und Räucherstäbchenmief.

Pascal, der Kellner, der gerade mit einer Karaffe „revitalisierendem Ingwer-Zitronen-Wasser mit einem Schuss kosmischer

Heiterkeit" an ihrem Tisch vorbeihuschte, warf einen kurzen, fast neidischen Blick auf Brunis Proviant, sagte aber nichts. Sein Gesicht war immer noch blass, und er wirkte, als würde er jeden Moment in Tränen ausbrechen oder zumindest einen starken Schnaps benötigen.

„Furchtbar, was da passiert ist, gell?", begann Bruni leise, nachdem sie einen herzhaften Bissen von ihrer Wurst genommen hatte. „Der Holzer tut ja so, als wär der arme Kerl einfach vom Himmel gfallen wie a reifer Apfel. Aber i sag Ihna, Frau Gruber, da is was faul. Ganz gewaltig."

„Das sehe ich genauso, Frau Schnitzler", erwiderte Erna und kaute genüsslich auf dem Roggenbrot. „Sie haben doch gestern Abend die Szene mit Jano Goldmann und Lars Vogt mitbekommen. Wie hat Herr Vogt denn auf Sie gewirkt, nachdem Jano ihn so bloßgestellt hat?"

Bruni wischte sich den Mund mit einer Serviette ab. „Der Vogt? Der war fix und fertig. Zuerst hat er ja no versucht, a guate Mien zum bösen Spiel zu machen, aber innerlich hat's in ihm brodelt, des hat ma gsehn. Und später, als er dann allein war, hab i ihn auf'm Gang troffen. Der is umanandgrennt wie a aufgscheuchts Reh, hat vor sich hingmurmelt und gschwitzt wie nach an Marathon. I hab mir scho denkt, der explodiert glei."

Erna nickte. Das passte zu ihren eigenen Beobachtungen. „Und heute Morgen, vor dem... Vorfall? Haben Sie da etwas Ungewöhnliches bemerkt?"

Bruni beugte sich verschwörerisch vor. „Und ob! Wissen S', i schlaf ja nimmer so tief wie früher. Bin scho zeitig wach gwesen. Und da hab i wen die alte Service-Trepp' naufschleichen sehen. Die führt vom Wirtschaftshof da hinten direkt auf an Teil von der Dachterrass', wo ma sonst kaum hinkommt. Die hab i schon öfter gsehn, wenn i ums Hotel spazieren gangen bin – so a Art

Notausgang oder Lieferantentreppe, ganz versteckt. Da könnt einer unbemerkt rauf und runter."

Ernas Interesse war geweckt. „Konnten Sie erkennen, wer das war?"

Bruni schüttelte bedauernd den Kopf. „Naa, leider ned gscheid. War no a bissl dämmrig, und die Person hat an dunklen Kapuzenpulli anghabt und is ganz schnell und gebückt gangen. Schlanke Statur, könnt a Frau gwesen sein, oder a schmaler Mann. Aber verdächtig war's auf jeden Fall. Weil kurz drauf is ja dann des ganze Theater mit dem Absturz losgangen." Sie hielt inne, dann fügte sie hinzu, während sie sich diskret umsah: „Und wissen S', was mir no eigfalln is, wo ich die junge Frau Steiner mit ihrer Kamera vorhin hab herumhantieren sehen? Die Sabrina, die mit de Kochsachen... i glaub fast, die hat mit ihrm Handy gfilmt, wie der Goldmann da oben auf der Kante rumturnt is, bevor's passiert ist. Die hat ja ständig ihr Handy oder die große Kamera in der Hand, die jungen Leut' halt. Vielleicht hat die ja was drauf, was die Polizei übersehn hat." Bruni zuckte mit den Schultern. „Aber sicher bin i ma ned, es war ja alles sehr aufregend."

„Das ist ein sehr guter Hinweis, Frau Schnitzler", sagte Erna nachdenklich. Eine Videoaufnahme, und sei sie noch so wackelig, könnte entscheidend sein.

„Aber pssst!", fuhr Bruni leiser fort. „Der Direktor Walder hat uns allen – also sowohl den Retreat-Teilnehmern als auch dem Personal – strikt verboten, mit irgendwem über den Vorfall zu reden oder gar zu spekulieren. 'Diskretion ist unser oberstes Gebot', hat er gsagt. 'Schon gar nicht mit neugierigen Gästen tratschen', hat er extra betont." Bruni zwinkerte Erna zu. „Aber Ihna, Frau Gruber, Ihna vertrau i. Sie san ja sozusagen vom Fach. Und i glaub Ihna aa, dass des ka normaler Unfall war."

Erna bemerkte, wie Jakob Walder, der an der Rezeption stand und scheinbar ein Gespräch mit Luna-Sophie führte, immer wieder argwöhnische Blicke zu ihrem Tisch warf. Luna-Sophie schien ihm gerade etwas zuzuflüstern und dabei unauffällig in ihre Richtung zu deuten. Walder nickte langsam, sein Gesichtsausdruck verfinsterte sich. Erna wusste, dass ihre „Plauderei" mit Bruni und der offensichtliche Genuss der nicht hotelkonformen Speisen nicht unbemerkt geblieben war.

„Danke, Frau Schnitzler. Ihre Beobachtungen sind Gold wert", sagte Erna leise. „Und Sie haben recht, Diskretion ist jetzt oberstes Gebot – auch für uns."

Die Service-Treppe. Eine Person im Kapuzenpulli. Und möglicherweise ein Video von Sabrina Steiner. Das waren konkrete Anhaltspunkte. Erna beschloss, Sabrina Steiner als Nächstes aufzusuchen. Die „Achtsamkeitswanderung" am Nachmittag bot dafür vielleicht die perfekte, wenn auch unfreiwillige Gelegenheit.

Wackelige Wahrheiten

Nach dem überraschend nahrhaften Mittagessen – dank Brunis Kaminwurzen – und dem nicht minder nahrhaften Informationsaustausch machte sich Erna auf die Suche nach Sabrina Steiner. Brunis Hinweis, die junge Food-Bloggerin könnte den Vorfall mit ihrem Handy gefilmt haben, war zu vielversprechend, um ihn zu ignorieren. Sie fand Sabrina in der Bibliothek, einem der wenigen Räume im „Alpen-Zen", der eine gewisse, wenn auch sterile, Gemütlichkeit ausstrahlte. Tiefe Ledersessel, Regale voller Bücher – überwiegend Ratgeber zur Selbstfindung und Bildbände über achtsames Moosbetrachten, wie Erna spöttisch feststellte – und ein großer, kalter Kamin.

Sabrina saß in einer Ecke, blätterte lustlos in einem opulenten Werk über „Die Wiederentdeckung der alpinen Ur-Küche". Ihre sonst so präsente Profi-Kamera lag unberührt neben ihr auf dem Boden, stattdessen hielt sie ihr Smartphone umklammert. Sie sah blass aus, und ihre Augen waren gerötet und geschwollen.

„Frau Steiner?", begann Erna mit ihrer freundlichsten Stimme, die sie aufbringen konnte, und setzte sich unaufgefordert in den Sessel gegenüber. „Ich hoffe, es geht Ihnen den Umständen entsprechend. Das war ja ein furchtbarer Schock für uns alle heute Morgen."

Sabrina blickte auf, ein wenig erschrocken, dann erkannte sie Erna und nickte langsam. Tränen traten ihr erneut in die Augen. „Ja... ja, es war einfach schrecklich. Ich... ich filme doch sonst nur Essen, schöne Dinge, Traditionen."

„Frau Schnitzler erwähnte, Sie hätten den... Vorfall heute Morgen vielleicht auch mit Ihrem Handy aufgenommen?", fragte Erna behutsam, um die junge Frau nicht noch mehr zu verunsichern.

Sabrina zögerte, dann nickte sie. „Ja, das... das stimmt. Eine dumme Angewohnheit. Ich filme fast alles, was irgendwie... anders ist. Für meinen Blog, 'Sabrinas Schmankerl-Ecke'." Ein Anflug von altem Stolz mischte sich in ihre gedrückte Stimmung, verflog aber schnell wieder. „Obwohl nach Janos... nach seinen gemeinen Kommentaren über meine Arbeit... wer will schon einen Blog über ehrliche Butter und traditionelle Mehlspeisen lesen?" Ihre Stimme zitterte leicht vor unterdrücktem Zorn und Enttäuschung. „Er hat gesagt, meine Rezepte seien was für Leute, die freiwillig und mit Genuss ins Herzkasperl-Alter rasen wollen! Und das, wo ich gerade mit der Lienzer Bergsennerei über eine wunderbare Kampagne für echte, ehrliche Almbutter verhandelt habe! Die ist jetzt natürlich geplatzt!"

„Das war sicher sehr verletzend und geschäftsschädigend von ihm", pflichtete Erna ihr mitfühlend bei. Ihre eigene Vorliebe für bodenständige Kost ließ sie Sabrinas Frustration gut nachvollziehen. „Das Video, Frau Steiner. Es könnte vielleicht helfen, den... Unfallhergang besser zu verstehen. Wäre es möglich, dass ich es mir ansehe?"

Sabrina schien durch Ernas Verständnis etwas aufzutauen. Die Wut auf Jano schien größer zu sein als ihre aktuelle Verängstigung. „Vielleicht haben Sie recht. Vielleicht sieht man ja was, was die Polizei nicht gesehen hat." Sie entsperrte ihr Telefon, ihre Finger zitterten aber immer noch leicht. „Hier. Aber die Qualität ist nicht besonders, es war ja alles sehr aufregend, und ich habe nur irgendwie draufgehalten, als er da oben auf der Kante rumgeturnt ist."

Erna beugte sich vor, ihre Augen scharf auf das kleine Display gerichtet. Das Video war wackelig, wie zu erwarten. Es zeigte die Dachkante des Hotelturms, Jano Goldmann, wie er theatralisch gestikulierte. Man sah, wie er kurz vor dem eigentlichen Stunt am Rand der Terrasse stand und sich intensiv mit Konrad König unterhielt; die Worte waren nicht zu verstehen, aber die Körpersprache beider Männer wirkte angespannt, fast feindselig. Dann der Moment des Ausrutschens, der kurze, verzweifelte Kampf um Halt. Die Kamera schwenkte im Chaos wild hin und her, aber für einen Sekundenbruchteil, bevor Jano endgültig stürzte, war im Hintergrund, leicht unscharf und von der Sonne überstrahlt, eine schemenhafte Gestalt in einem dunklen Kapuzenpulli zu erkennen, die sich von der Absturzkante wegzudrehen schien. Und dann, überlagert von den panischen Schreien der Umstehenden, glaubte Erna, Janos letzte, anklagende Worte wiederzuerkennen, verzerrt und leise, aber dennoch für ihr geschultes Ohr deutlich: „...Öl! ...Du verdammtes Schwein!"

„Das ist sehr aufschlussreich, Frau Steiner", sagte Erna, bemüht, ihre innere Aufregung nicht zu zeigen. „Könnten Sie mir diese Datei vielleicht zukommen lassen? Für meine... privaten Notizen, um die Ereignisse besser zu verarbeiten." Sie wusste, dass der Handyempfang in der Bibliothek etwas besser war als in ihrem Zimmer.

„Natürlich", sagte Sabrina und schien fast erleichtert, etwas tun zu können, vielleicht auch in der vagen Hoffnung, dass Janos Niedertracht so noch dokumentiert würde. Sie hantierte kurz mit ihrem Telefon. „Ich schicke es Ihnen per Airdrop, wenn das für Sie in Ordnung ist?"

„Hervorragend", sagte Erna und aktivierte die Funktion an ihrem eigenen, etwas betagteren Smartphone. Der Transfer dauerte einen Moment, dann war das Video sicher auf ihrem Gerät gespeichert.

„Hat er... hat er wirklich 'Schwein' gerufen?", fragte Sabrina mit großen Augen, die Neugier schien ihre Trauer kurz zu verdrängen. „Ich hab das in der Aufregung gar nicht richtig mitbekommen."

„Es klang so", sagte Erna ausweichend. „Aber bei so viel Lärm und Wind ist das schwer zu sagen. Was glauben Sie denn, wen oder was er damit gemeint haben könnte? Er schien ja nicht viele Freunde hier gehabt zu haben."

Sabrina zuckte mit den Achseln, ihr Groll auf Jano flammte wieder auf. „Keine Ahnung. Aber ehrlich gesagt, nach dem, was er zu meinem Blog und meiner Figur gesagt hat... er hat ja fast jeden hier irgendwie als minderwertig oder als 'Schwein' behandelt, der nicht seiner Meinung war oder ihm nicht genug Huldigung für seine angebliche Genialität entgegengebracht hat."

Erna nickte verständnisvoll. Ein Motiv aus gekränkter „Butter-Ehre" und einer geplatzten Kooperation? Wohl kaum ausreichend für einen Mord, schätzte sie. Aber Sabrinas Video war von unschätzbarem Wert. Die Kapuzenperson. Janos letzte Worte. Und vor allem das kurze, aber intensive Gespräch zwischen Jano und Konrad König unmittelbar vor dem Stunt. Das waren alles neue, wichtige Puzzleteile in einem immer komplexer werdenden Spiel.

„Sie haben mir sehr geholfen, Frau Steiner", sagte Erna und tätschelte Sabrinas Hand aufmunternd. „Lassen Sie sich von solchen Leuten wie Jano Goldmann nicht unterkriegen. Ihre Liebe zur ehrlichen Küche ist viel mehr wert als all sein oberflächliches Gerede. Konzentrieren Sie sich jetzt am besten auf die wirklich wichtigen Dinge im Leben. Wie ein gutes Butterbrot oder ein Stück von Omas Apfelstrudel."

Sabrina lächelte zum ersten Mal an diesem Tag matt, aber echt. Erna verließ die Bibliothek, das Video sicher auf ihrem Handy gespeichert. Der nächste Programmpunkt war der „Achtsamkeits-Spaziergang". Eine weitere unfreiwillige Gelegenheit, Karl Berger genauer unter die Lupe zu nehmen. Und vielleicht, so hoffte sie, würde die frische Waldluft ihr helfen, die neuen Informationen zu sortieren und die Bedeutung des Gesprächs zwischen Jano und Konrad König richtig einzuordnen.

Achtsam wandern
und ein Persilschein vom Pfarrer

Tag 2, Nachmittag (ca. 15:30)

Nach dem aufschlussreichen, wenn auch für Sabrinas Butter-Seele schmerzhaften Gespräch, und der Sicherung des potenziell brisanten Videomaterials, fand sich Erna Gruber widerwillig in der Gruppe für den „Achtsamkeits-Spaziergang im Schweigen" wieder. Sarah Fuchs, die mit einer bewundernswerten, wenn auch leicht hysterisch anmutenden Tapferkeit versuchte, die Fassade der unerschütterlichen spirituellen Leiterin trotz der dramatischen Ereignisse und ihrer eigenen sichtbaren Anspannung aufrechtzuerhalten, führte die kleine Schar mit getragenen Schritten an, als würde sie eine Prozession zum Gipfel der kollektiven Seelenreinigung anführen. Die Wanderung führte auf einem schmalen Pfad durch einen malerischen Bergwald, vorbei an moosbewachsenen Felsbrocken, über murmelnde Bäche und durch Lichtungen, auf denen die Frühlingssonne tanzte. Der Duft von feuchter Erde, Tannennadeln und frischem Harz lag in der Luft.

„Wir wollen uns nun ganz mit Mutter Erde verbinden", säuselte Sarah, ihre Stimme zitterte nur ganz leicht, was Erna nicht entging. „Spürt die Kraft, die von den alten Bäumen ausgeht, atmet die reine Prana-Energie der Berge ein. Seid ganz im Hier und Jetzt, lasst alle belastenden Gedanken los und umarmt eure innere Tanne, spürt ihre Weisheit und ihre tiefe Verwurzelung."

Meine innere Tanne hat gerade einen akuten Harzfluss und möchte dringend ihre Ruhe vor esoterischem Geschwafel, dachte Erna bissig, während sie versuchte, nicht über eine vorstehende Wurzel zu stolpern, die Sarah Fuchs in ihrer „achtsamen Versenkung" offenbar übersehen hatte. Und mein Wurzelchakra signalisiert primär akuten Kaffeedurst und eine beginnende Abneigung gegen das Wort 'Prana'.

Erna war zwar ganz im Hier und Jetzt – und das Hier und Jetzt bestand darin, ihre Ermittlungen voranzutreiben und gleichzeitig nicht aufzufallen –, aber ihre Gedanken waren alles andere als losgelassen. Das „Schweigen" der Gruppe war ohnehin eher ein gespanntes, von unausgesprochenen Ängsten, Verdächtigungen und dem leisen Rascheln teurer Outdoor-Bekleidung erfülltes Nicht-Reden.

Sie nutzte die Gelegenheit, um die anderen Teilnehmer in dieser weniger kontrollierten Umgebung zu beobachten. Lars Vogt trottete apathisch und mit gesenktem Kopf am Ende der Gruppe, sein Gesicht eine Maske des Leidens und der tiefen Erschöpfung. Lena Larcher hingegen schien den „Achtsamkeits-Spaziergang" als eine Art persönliches „Trail-Running-Light" zu interpretieren; sie überholte die Gruppe immer wieder mit schnellen, federnden Schritten und einem gehetzten Lächeln, das mehr Anstrengung als Entspannung verriet, als wolle sie dem „langsamen Elend" der Trauernden entfliehen. Hannes Hofer schwitzte stark, obwohl das Tempo gemächlich war, und blickte sich bei jedem knackenden Ast nervös um, als erwarte er, von einem unsichtbaren Feind aus dem Unterholz attackiert zu werden. Konrad König schritt mit stoischer Miene und den Händen in den Taschen seiner eleganten Jacke dahin, als würde er eine wissenschaftliche Studie über das seltsame Verhalten von Esoterikern im Freiland und deren Reaktion auf traumatische Ereignisse durchführen. Silvia Fröhlich, die Lehrerin, murmelte leise Mantras vor sich hin und sammelte am Wegesrand „energetisch besonders aufgeladene" Blätter und kleine Steinchen. Dr. Lindner ging ruhig und beobachtend mit, ein leichtes, fast unmerkliches Lächeln umspielte ihre Lippen, als sie Ernas offensichtliche innere Kämpfe mit Sarahs esoterischen Anleitungen zu erahnen schien.

Als Sarah die Gruppe an einer besonders malerischen Stelle mit einem kleinen, gurgelnden Wasserfall anwies, einen „persönlichen Kraftstein am Ufer zu finden, dessen Energie aufzunehmen und ihm die eigenen Sorgen und Ängste anzuvertrauen", klinkte Erna sich geschickt mit Karl Berger von der Gruppe ab. Der mürrische Bauer hatte sich ohnehin schon abseits gehalten und die Übung mit einem verächtlichen Schnauben quittiert.

„Ein schrecklicher Morgen, nicht wahr, Herr Berger?", begann sie leise, während sie tat, als würde sie einen besonders interessant geformten Kieselstein untersuchen.

Karl Berger grunzte zustimmend, ohne den Blick vom rauschenden Wasser abzuwenden, als erwarte er hinter jedem Baum einen Hinterhalt. „A Gschiss, des is. Der Kerl hat's aber a net anders verdient, so wie er sich aufg'führt hat, der Lackl."

„Sie mochten ihn nicht besonders, oder?", fragte Erna direkt, während sie geschickt einer glitschigen Wurzel auswich. Die frische Waldluft roch harzig und sauber, ein angenehmer Kontrast zum Zirben-Overkill und dem Duft von „energetisiertem Angstschweiß" im Hotel.

Bergers wettergegerbtes Gesicht verfinsterte sich noch mehr, falls das überhaupt möglich war. „Mögen? Der hat versucht, meinen Hof zu ruinieren! Mein ganzes Lebenswerk! Hat Lügen über meine Anbaumethoden verbreitet, falsche Gerüchte über meine Produkte gstreut, nur weil i ned bei seine neumodischen Superfood-Gschaftln mitgmacht hab und er an Deal mit so am industriellen Smoothie-Hersteller an Land ziehen wollt, der mein Pachtland für seine Giftplantage braucht hätte! Hat gschrieben, meine Hühner hätten Depressionen und meine Erdäpfel wären voller Pestizide und Blei! Dabei hab ich die strengsten Bio-Auflagen seit dreißig Jahr und mei Wasser is reiner als des Zeug, was die hier als 'energetisiert' verkaufen! Mir sein die Kunden davongrennt, die Abnehmer abgesprungen! Der hat mir fast die Existenz kostet, dieser... dieser arrogante Stodt-Schnösel!" Seine Hände, die knorrigen Pranken eines Mannes, der sein Leben lang hart und ehrlich gearbeitet hatte, ballten sich zu Fäusten. Die Wut, die aus ihm sprach, war tief, bitter und absolut echt.

„Das ist ein handfestes Motiv, Herr Berger", stellte Erna ruhig fest. „Ein sehr handfestes. Wo waren Sie heute Morgen zur Tatzeit, als Herr Goldmann... nun, als der Vorfall auf der Dachterrasse passierte?"

Berger schüttelte den Kopf. „Do war i scho lang auf Achse. Bin früah auf, no vor sechs, da kräht kaum a Hahn. Bin mei eigene Rund gangen, auffi zum Gipfelkreuz vom Kofel. Ganz allan. Um den Kopf freizukriegen und dem ganzen Hotel-Gsindl da unten und ihrer depperten Yoga-Musik zu entfliehen." Er spuckte verächtlich neben den Wegesrand. „Aber den Vogt, den Lars, den hab i troffen, wie i zruckkommen bin. So gegen halb acht war des, in der Nähe vom Hotel, kurz bevor i zum Frühstück bin. Der is umadumgrennt wie a aufgscheuchts Huhn, ganz bleich und mit Augen wie a Uhu. Hat gschaut, als hätt er grad an Geist gsehn oder wär selber einer."

„Ganz alleine auf dem Kofel?", hakte Erna nach, während sie die Steigung meisterte und erstaunt feststellte, dass die körperliche Anstrengung und die klare Bergluft ihr tatsächlich guttaten – eine willkommene Abwechslung zu der stickigen Hotelatmosphäre.

„Für an Städter vielleicht, der nur Yoga-Matten und Soja-Latte kennt", brummte Berger. „Für mi is des a Morgenspaziergang. Aber ganz allan war i diesmal ned, wenn S' es genau wissen wolln." Er hielt kurz inne. „Den Herrn Pfarrer von St. Jakob hab i oben beim Kreuz troffen. Der macht jeden Morgen sei Bergrund, der alte Kraxler, bei Wind und Wetter. Wir haben a Viertelstund' geredt, über's Wetter, die schlechten Zeiten und die verrückte Welt da unten im Tal, wo die Leut' für an Haufn Geld lernen, richtig zu atmen."

Ein Pfarrer als Alibi. Das war nicht schlecht, dachte Erna. Ein Pfarrer würde kaum für einen potenziellen Mörder lügen, es sei denn, er hätte ein sehr überzeugendes Beichtgeheimnis. Das Alibi schien relativ solide, auch wenn sie es bei Gelegenheit überprüfen würde, falls sich der Verdacht gegen Berger aus irgendeinem

Grund doch noch erhärten sollte. Aber die Information über Lars Vogt war ein weiterer Mosaikstein, den sie zur Kenntnis nahm, ohne ihn im Moment überzubewerten. Wichtiger war, dass Berger selbst ein starkes Motiv hatte.

„Und die anderen Gäste, Herr Berger?", fragte Erna weiter, während sie einen Blick auf die restliche Gruppe warf, die gerade dabei war, „achtsam Kieselsteine zu balancieren" und dabei aussah, als würden sie gleich einen rituellen Tanz aufführen. „Haben Sie da irgendwelche besonderen Beobachtungen gemacht? Irgendetwas, das Ihnen seltsam vorkam bei all dem Trubel?"

Berger schnaubte verächtlich. „Seltsam? Die san doch alle seltsam, dieses Stodt-Gsindl mit ihrem neumodischen Schmarrn! Der eine mit de Muskeln (Hannes Hofer), der ausschaut, als hätt er an Luftballon verschluckt und dauernd Angst hat, dass er platzt. Die Modepuppn da (Lena Larcher), die glaubt, sie is was Besseres und jeden mit ihrem Handy verfolgt. Und der feine Herr Manager oder was er is (Konrad König), der immer so tut, als wär er der Gscheiteste von allen und die anderen nur Ameisen. Mir san die alle ned ganz koscher. Aber ob einer von denen den Goldmann...?" Er zuckte mit den Schultern. „Trau i jedem von denen zua, ehrlich gsagt, nach dem Theater gestern Abend. Aber gsehn hab i nix Konkretes, was direkt mit dem Sturz zu tun hat."

Erna nickte. Bergers Einschätzungen waren subjektiv und von seiner generellen Abneigung gegen die „Städter" und ihre Lebensweise geprägt, aber sie zeigten, dass die Gruppe auch untereinander als wenig harmonisch und teilweise suspekt wahrgenommen wurde.

Auf dem Rückweg zum Hotel, als die Gruppe etwas auseinandergezogen war und Sarah Fuchs vorne eine besonders langatmige Anleitung zum „achtsamen Spüren der Fußsohlen auf dem Waldboden" gab, fand sich Erna plötzlich neben Dr. Eva Lindner wieder.

„Ein… belebender Spaziergang, nicht wahr, Frau Gruber?",
sagte Dr. Lindner mit einem feinen Lächeln, das andeutete, dass
sie Ernas innere Monologe zu Sarahs Anleitungen fast hören
konnte.

„Die Luft ist jedenfalls besser als im Hotel", erwiderte Erna trocken. „Und die Bewegung tut den alten Knochen gut, das muss
ich zugeben."

„Die Natur hat eine erstaunliche Wirkung auf unser Wohlbefinden", pflichtete Dr. Lindner ihr bei. „Studien belegen ja eindeutig,
dass schon kurze Aufenthalte im Wald den Stresspegel senken,
den Blutdruck regulieren und die Stimmung heben können. Das
bewusste Wahrnehmen der Umgebung, das tiefe Atmen – das sind
einfache, aber sehr effektive Mechanismen, die unser Nervensystem beruhigen. Ganz ohne esoterische Verbrämung."

Erna hörte aufmerksam zu. Das klang vernünftig, wissenschaftlich fundiert. Es hatte nichts mit Chakren-Reinigung oder Aura-
Politur zu tun. „Sie scheinen sich mit der Materie ja wirklich aus-
zukennen, Frau Doktor", sagte Erna anerkennend.

Dr. Lindner lächelte. „Es ist Teil meines Fachgebiets. Die Verbindung von Körper und Psyche. Und wie äußere Einflüsse und
innere Haltungen unser Befinden steuern."

Erna überlegte kurz, ob sie Dr. Lindner nach ihren Beobachtungen zu den anderen Gästen fragen sollte, nach deren Alibis oder
möglichen Motiven. Sie war eine scharfe Beobachterin, das hatte
Erna bemerkt. Aber sie verwarf den Gedanken schnell wieder. Es
war zu früh, ihre Karten aufzudecken, und sie wollte Dr. Lindner
nicht in ihre inoffiziellen Ermittlungen hineinziehen oder sie als
Zeugin „verbrennen". Ihr Bauchgefühl sagte ihr ohnehin, dass die
Ärztin am wenigsten ein Motiv hatte und als Täterin kaum in Frage
kam. Aber ihre rationale, unaufgeregte Art war eine willkommene
Abwechslung in diesem Hotel voller überdrehter Emotionen.

Als die Gruppe wieder am „Alpen-Zen" ankam, fühlte sich Erna tatsächlich etwas klarer im Kopf und körperlich belebter, auch wenn sie Sarahs Anweisungen zum „Umarme deine innere Tanne" geflissentlich ignoriert hatte. Die frische Luft und die Bewegung hatten ihr gutgetan. Und das Gespräch mit Dr. Lindner hatte ihr gezeigt, dass es vielleicht doch Aspekte an diesem ganzen „Achtsamkeits-Zirkus" gab, die einen zweiten Blick wert waren – wenn man sie denn von all dem esoterischen Ballast befreite.

Karl Bergers Wut und sein mögliches Alibi beschäftigten sie. Und Lars Vogts Verhalten, das nun von einem weiteren Zeugen als auffällig beschrieben wurde, rückte ihn unweigerlich weiter in den Fokus, auch wenn sie versuchte, den Verdacht noch breit zu streuen. Dieser Tag versprach, noch lang und erkenntnisreich zu werden.

Die Zirbenwand der Verdächtigen

Tag 2, Später Nachmittag (ca. 17:00)

Zurück von der „Achtsamkeitswanderung", die ihr zwar unerwartet gutgetan hat, fühlte Erna Gruber das dringende Bedürfnis, ihre bisherigen Erkenntnisse zu ordnen. Ihr Kopf war voll von Gesichtern, Namen, Motiven, Alibis und widersprüchlichen Aussagen. Inspektor Holzer mochte den Fall als Unfall abgetan haben, und Direktor Walder wünschte sich nichts sehnlicher, als dass Gras über die Sache wuchs – oder besser noch eine dicke Schicht Zirbenspäne. Aber Erna wusste, dass Jano Goldmanns Tod alles andere als ein unglückliches Missgeschick gewesen war. Und sie war fest entschlossen, die Wahrheit ans Licht zu bringen, auch wenn sie dafür die sterile Harmonie dieses Luxus-Retreats empfindlich stören musste.

Ihr Hotelzimmer „Solarplexus", mit seinen kahlen, hellen Zirbenwänden und dem minimalistischen Design, das jede Form von persönlicher Note zu unterdrücken schien, wurde kurzerhand zu ihrem improvisierten Hauptquartier umfunktioniert. Sie breitete ihre Notizen auf dem schlichten Schreibtisch aus. Dann durchsuchte sie ihre Handtasche und ihren Koffer. Aus ihrem Reise-Näh-set kramte sie eine kleine Rolle durchsichtiges Klebeband hervor, und aus dem Erste-Hilfe-Päckchen, das sie immer bei sich trug, zweckentfremdete sie einige breitere Pflasterstreifen als zusätzliche Befestigungsmöglichkeit. Die Rückseiten der Hochglanz-Hotelbroschüren, die überall im Zimmer herumlagen und die „spirituellen Angebote des Hauses" anpriesen, dienten ihr als Schreibunterlage.

Mit einem entschlossenen Ausdruck begann sie, die Namen aller relevanten Retreat-Teilnehmer und der wichtigsten Hotelangestellten in großen, klaren Buchstaben auf einzelne Blätter zu schreiben: JANO GOLDMANN – darunter ein dickes rotes Kreuz. LARS VOGT. LENA LARCHER. KONRAD KÖNIG. HANNES HOFER.

SARAH FUCHS. KARL BERGER. BRUNI SCHNITZLER. SABRINA STEINER. DR. EVA LINDNER. SILVIA FRÖHLICH. PASCAL. JAKOB WALDER. Selbst Inspektor Holzer und Wachtmeisterin Eder bekamen ein eigenes Blatt.

Diese „Personenblätter" befestigte sie mit den Klebestreifen sorgfältig an einer der freien Zirbenwände, die nun weniger nach Zen und mehr nach einer polizeilichen Ermittlungstafel aussah. Erna trat einen Schritt zurück und betrachtete ihr Werk. Eine Wand voller potenzieller Lügen, Geheimnisse und verborgener Motive.

Mit ihrem Kugelschreiber begann sie, ihre bisherigen Erkenntnisse zu jedem Namen zu notieren:

Lars Vogt: Starkes Motiv (Erpressung durch Jano, Rufmord, gestohlene Kursinhalte). Extreme Nervosität. Von Karl Berger am Tatmorgen gehetzt gesehen. Von Bruni bei heftiger Reaktion auf Jano beobachtet. Aussage von ihm selbst steht noch aus. Alibi? Unbekannt.

Lena Larcher: Starkes Motiv (geplatzter Werbedeal, Rufschädigung durch Jano, Rivalität). Eiskaltes Auftreten. Alibi: War auf der Dachterrasse, hat gefilmt. Das musste Erna noch genauer prüfen. Verdächtigt Konrad König.

Konrad König: Starkes Motiv (Finanzskandal, Erpressungsversuch durch Jano). Hitziger Streit mit Jano am Vorabend (Zeugin: Silvia Fröhlich). Intelligent, zynisch, undurchschaubar. Alibi: Angeblich allein im Zimmer gelesen – nicht überprüfbar. Gespräch mit Jano kurz vor dem Stunt (Video Sabrina).

Hannes Hofer: Starkes Motiv (finanzieller Ruin durch Jano). Panisches Telefonat ("Festplatte löschen"). Schwaches Alibi (allein joggen oder unbestätigter Zimmerservice).

Sarah Fuchs: Motiv (Angst vor Enthüllung ihrer „optimierten" Qualifikationen, finanzielle Probleme des Retreats). Wirkt extrem gestresst und überfordert. Alibi: War auf der Dachterrasse.

Karl Berger: Starkes Motiv (Rufmord, Existenzbedrohung durch Jano). Alibi: Angeblich mit Pfarrer auf Bergtour – überprüfbar, aber noch nicht geschehen.

Sabrina Steiner: Kleineres Motiv (gekränkter Stolz, geplatzte Kooperation). Lieferte wichtiges Video. Scheint eher Zeugin als Täterin.

Bruni Schnitzler: Keine Verdächtige, aber wichtige Informationsquelle (Beobachtung Service-Treppe, Kapuzenperson, Lars Vogts Verhalten).

Dr. Eva Lindner: Bisher keine Verdachtsmomente. Rationale Beobachterin. Mögliche Verbündete?

Silvia Fröhlich: Keine Verdächtige. Lieferte Hinweis auf Streit Jano/Konrad.

Pascal: Wichtiger Zeuge für die Abläufe im Hotel. Eingeschüchtert. Hat Jano als Letzter vor dem Stunt gesehen? (Offene Frage).

Jakob Walder: Kein Mordmotiv, aber starkes Interesse an Vertuschung. Muss im Auge behalten werden.

Inspektor Holzer: Inkompetent, aber ungefährlich.

Wachtmeisterin Eder: Potenzielle Verbündete.

Erna verwendete kleine Zettelchen, die sie aus einem Notizblock riss, als improvisierte Post-its, um Querverbindungen und besonders wichtige Stichpunkte zu markieren: „ÖLFILM?", „KAPUZENPULLI – WER?", „SERVICE-TREPPE!", „JANOS WORTE: SCHWEIN?", „VIDEO SABRINA – KONRAD/JANO GESPRÄCH".

Sie betrachtete die Wand wie ein General seine Strategiekarte vor einer entscheidenden Schlacht. Es war noch kein klares Bild, das sich ihr bot, eher ein verworrenes Netz aus Beziehungen, Feindschaften und Geheimnissen. Aber die Struktur half ihr, ihre Gedanken zu fokussieren, die losen Enden zu identifizieren und die nächsten Schritte ihrer inoffiziellen Ermittlung zu planen.

Die kühle, sterile Atmosphäre des Zimmers „Solarplexus" war nun erfüllt von der fast schon greifbaren Spannung eines ungelösten Mordfalls. Ernas Ruhestand war definitiv vorbei. Sie war wieder in ihrem Element, auch wenn die Umstände alles andere als ideal waren. Das Kribbeln im Nacken war einem Gefühl konzentrierter Entschlossenheit gewichen. Sie würde diesen Fall lösen. Walder hin, Holzer her.

Die kühle Fitness-Eiskönigin

Tag 2, Abend (ca. 17:30)

Erna richtete ihre Aufmerksamkeit auf die nächste Person auf ihrer mentalen Liste der Verdächtigen: Larcher. Lena Larcher. Die junge Frau hatte beim gestrigen Abendessen eine kaum verhohlene Feindseligkeit gegenüber Jano Goldmann an den Tag gelegt, die Erna nicht entgangen war. Die Gerüchte über ihre erbitterte Rivalität mit dem Opfer und einen geplatzten Werbedeal machten sie zu einer Kandidatin, die man nicht außer Acht lassen durfte. Erna war sich ziemlich sicher, wo sie die ehrgeizige Fitness-Influencerin finden würde, die ihren Körper wie einen Tempel – oder eher wie eine perfekt geölte Kampfmaschine – zu verehren schien: im Fitnessraum.

Und tatsächlich, als Erna den gleißend hellen, spiegelverkleideten Raum betrat, der nach Desinfektionsmittel, Schweiß und dem unerbittlichen Streben nach Perfektion und Selbstoptimierung roch, fand sie Lena Larcher vor. Sie trainierte mit verbissener Konzentration und fast schon maschineller Präzision an einer Beinpresse und stemmte Gewichte, bei denen Erna schon vom Zusehen ein unangenehmes Ziehen in den Oberschenkeln verspürte. Jeder Muskel an Lenas Körper war sichtbar definiert, ein Ergebnis jahrelanger, eiserner Disziplin.

„Frau Larcher, hätten Sie einen Moment Zeit für ein paar Fragen?", fragte Erna und versuchte, sich nicht von den spiegelnden Oberflächen ablenken zu lassen, die Lena in x-facher, identisch angespannter Ausführung zeigten.

Lena unterbrach ihr Training nur widerwillig, ein einzelner, perfekt platzierter Schweißtropfen perlte von ihrer makellosen Stirn, die von keinem Fältchen der Anstrengung getrübt war. Sie nahm ihre kabellosen Kopfhörer ab, aus denen leise aggressive Beats dröhnten. „Muss das wirklich sein, Frau Gruber? Ich bin mitten in meinem Hypertrophie-Zyklus für die Glutealmuskulatur. Das erfordert absolute Konzentration." Ihre Stimme war so kühl und präzise wie ihre Bewegungen, fast schon metallisch.

„Es geht um Jano Goldmann", sagte Erna ungerührt, ließ sich von Lenas abweisender Art nicht beeindrucken. „Ich habe gehört, Sie und er waren nicht gerade die besten Freunde. Ein geplatzter Werbedeal für 'Alpine Peak Performance Drinks', Gerüchte über unlautere Geschäftspraktiken, massive Rufschädigung Ihrerseits durch seine Online-Attacken..."

Lenas Lippen verzogen sich zu einem dünnen, abschätzigen Strich. „Freunde? Mit diesem aufgeblasenen Blender, der sich für den Nabel der Fitnesswelt hielt und jeden untergrub, der ihm gefährlich werden konnte? Kaum. Wir waren Konkurrenten, ja. Er hat mir den Deal mit 'Alpine Peak Performance Drinks' mit unlauteren Mitteln und gezielten Falschinformationen vor der Nase weggeschnappt und dann auch noch versucht, meinen Ruf und meine Glaubwürdigkeit mit einer Schmutzkampagne über angeblich gefälschte Followerzahlen und ineffektive Trainingsmethoden zu zerstören. Ein toxischer Narzisst und Stümper, wie er im Buche steht." Ihre Worte waren scharf wie geschliffenes Glas, ohne jede erkennbare Emotion.

„Das klingt nach einem handfesten Motiv, Frau Larcher", bemerkte Erna trocken. „Wut, Enttäuschung, finanzieller Schaden – eine explosive Mischung."

„Ein Motiv, ihn im Business mit seinen eigenen Waffen zu schlagen und ihn zu übertrumpfen? Absolut. Ihn umzubringen? Dafür ist mir meine Zeit zu schade, Frau Gruber, und mein Ruf zu kostbar. Ich konzentriere mich auf meine Performance, nicht auf Kleinkriege mit Amateuren, die sich selbst ins Abseits manövrieren." Sie wischte sich mit einem Handtuch, das farblich perfekt zu ihrem Outfit passte, über die Stirn.

„Waren Sie heute Morgen auf der Dachterrasse des Turms, als es passierte?"

„Natürlich war ich da", erwiderte Lena, ohne mit der Wimper zu zucken. „Ich lasse mir doch nicht Janos letzte, peinliche Show entgehen. Außerdem wollte ich sehen, ob seine ach-so-tolle Drohne auch meine neue Challenge-Ankündigung für meinen Kanal filmen kann – perfektes virales Marketing, wissen Sie." Sie zuckte mit den Schultern, eine Geste, die gespielte Gleichgültigkeit signalisieren sollte, aber Erna nicht täuschte.

„Haben Sie gesehen, was genau passiert ist? Hat ihn jemand gestoßen?"

Lena schüttelte den Kopf, ihr Blick blieb undurchdringlich und kalt. „Ging alles viel zu schnell. Ein Rutscher, ein Schrei, dann war er weg. Ich hab mich auf meine Aufnahme konzentriert – Content ist King, wissen Sie. Das Drama verkauft sich gut." Sie fügte hinzu, fast beiläufig, während sie ihre Wasserflasche nahm: „Lars Vogt stand ziemlich nah bei ihm, der wirkte ja schon die ganze Zeit wie ein psychisches Wrack. Völlig fertig mit den Nerven. Und Konrad König hat auch nicht weit entfernt gestanden und alles mit diesem typisch zynischen Grinsen beobachtet. Der hatte doch auch seine Leichen im Keller, oder? Ich hab da was von einem riesigen Finanzskandal gehört, den Jano ausgraben und genüsslich ausschlachten wollte. Die beiden hatten gestern Abend in der Bar eine ziemlich hitzige Auseinandersetzung, wie ich von Weitem mitbekommen habe."

Eiskalt und berechnend, dachte Erna. Aber auch eine plausible Reaktion für jemanden wie Lena, die jede Situation für ihre Selbstvermarktung zu nutzen schien. Ihr Alibi, auf der Terrasse gewesen zu sein, war gleichzeitig eine Anwesenheit am unmittelbaren Tatort. Und ihre subtilen Hinweise auf Lars und Konrad waren entweder ehrliche Beobachtungen, die sie nun geschickt platzierte, oder raffinierte Manöver, um den Verdacht von sich selbst abzulenken.

Erna bedankte sich kühl. „Vielen Dank für Ihre Offenheit, Frau Larcher. Trainieren Sie ruhig weiter an Ihrer... Rumpfmuskulatur.“

Lena nickte nur knapp, setzte ihre Kopfhörer wieder auf und widmete sich mit stählerner, fast schon unmenschlicher Entschlossenheit wieder ihren Gewichten.

Erna verließ den Fitnessraum. Die Atmosphäre dort war ihr so zuwider wie das vegane Menü und die omnipräsenten Zirbendüfte. Lena Larcher war eine gefährliche Mischung aus grenzenlosem Ehrgeiz, eiserner Selbstkontrolle und einer Kälte, die Erna frösteln ließ. Ihr Motiv war stark, ihre Emotionen schienen nicht existent oder zumindest perfekt unter Verschluss. Eine Frau, der Erna durchaus zutraute, über Leichen zu gehen – oder zumindest jemanden geschickt und ohne mit der Wimper zu zucken über eine Dachkante zu befördern und es wie einen unglücklichen Unfall aussehen zu lassen. Die Verdächtigung Konrad Königs durch Lena musste sie ebenfalls im Hinterkopf behalten und genauer prüfen. Dieser Fall wurde mit jeder Befragung komplexer und die Zahl der plausiblen Verdächtigen nahm eher zu als ab.

Des Ex-Partners Panik

Tag 2, Abend (ca. 19:00)

Nach dem frostigen und wenig ergiebigen Gespräch mit Lena Larcher im Fitnessstudio der Eitelkeiten beschloss Erna, sich in der Hotelbar einen – hoffentlich genießbaren – Rotwein zu genehmigen. Der „Merlot der inneren Stille", wie er auf der opulent gestalteten Karte angepriesen wurde, klang zwar verdächtig nach Marketing-Geschwafel, aber nach all den veganen „Offenbarungen" und dem Zirben-Overkill war sie bereit, ein gewisses Risiko einzugehen. Während sie am elegant geschwungenen Tresen auf ihre Bestellung wartete und den Barkeeper dabei beobachtete, wie er mit der Hingabe eines Zen-Meisters Eiswürfel in ein Glas gleiten ließ, fiel ihr Blick durch die große Glasfront in den angrenzenden, nur spärlich beleuchteten Gartenbereich.

Dort, im tiefen Schatten einer üppigen Rhododendronstaude, die im fahlen Licht der indirekten Beleuchtung fast schon unheimlich wirkte, stand Hannes Hofer und telefonierte aufgeregt mit gedämpfter, aber deutlich panischer Stimme. Erna, deren Ohren auch im Ruhestand nichts von ihrer legendären Schärfe verloren hatten, konnte trotz der Distanz und des leisen Hintergrundgemurmels aus der Bar Wortfetzen aufschnappen:

„...hab doch gesagt, es ist alles gelöscht... ja, auch von der externen Festplatte... das darf absolut niemand finden, verstehst du?... Jano hat mich ruiniert, komplett!... Wenn das jetzt auch noch rauskommt, dann bin ich endgültig erledigt! Dann holen die mich auch noch ab!" Er blickte sich hektisch um, als fürchte er, von unsichtbaren Ohren belauscht zu werden.

Als Hannes das Gespräch abrupt beendete und mit zitternden Händen eine Zigarette aus der Packung fummelte – ein Akt der Rebellion in diesem Nichtraucher-Tempel der Gesundheit und des reinen Atems –, trat Erna mit ihrem Weinglas in der Hand zu ihm hinaus in die kühle Abendluft, die nach feuchter Erde und dem nahen Wald roch.

„Herr Hofer? Alles in Ordnung mit Ihnen? Sie wirken etwas... nun ja, sagen wir, angespannt wie ein Flitzebogen."

Hannes zuckte zusammen wie ein ertappter Schuljunge und ließ fast die brennende Zigarette fallen. Sein Gesicht war im Halbdunkel kaum zu erkennen, aber seine nervösen Bewegungen sprachen Bände. „Frau... Gruber. Ja, äh, alles bestens. Nur ein... ein stressiges geschäftliches Telefonat. Sie wissen ja, das Business schläft nie." Er versuchte ein Lächeln, das eher einer schmerzverzerrten Grimasse glich und im flackernden Licht seiner Zigarette gespenstisch wirkte.

„Ich habe gehört, Sie und Herr Goldmann hatten da noch eine alte, ziemlich unschöne Rechnung offen?", fragte Erna direkt und nahm einen prüfenden Schluck von ihrem Wein, der tatsächlich überraschend trinkbar war – vielleicht hatte die „innere Stille" des Merlots ja doch ihre Berechtigung.

Hannes' Fassade der gespielten Gelassenheit brach augenblicklich zusammen. „Dieser Mistkerl! Dieser verdammte, arrogante Blender! Er hat mich ruiniert, verstehen Sie? Vollkommen! Wir hatten zusammen eine Firma, 'Cosmic Power Protein Bars', das war meine Idee, mein ganzes Herzblut, mein letztes Geld! Er hat mich mit leeren Versprechungen und falschen Zahlen reingelegt, ich habe mein ganzes Erspartes investiert, und dann ist er mit den Rezepturen, den Kundendaten und dem letzten Restkapital abgehauen und hat mich mit einem Berg von Schulden, einem Haufen unbezahlter Rechnungen und einem komplett ruinierten Ruf sitzen lassen! Und gestern Abend, da hat er auch noch damit geprahlt, als wäre es eine Heldentat, andere Leute ins Unglück zu stürzen!" Seine Stimme zitterte vor unterdrückter Wut und tiefer Verzweiflung. Die Adern an seinen Schläfen traten sichtbar hervor.

"Das ist ein starkes Motiv, Herr Hofer", sagte Erna ruhig, aber mit unnachgiebigem Blick. „Ein sehr starkes Motiv, um jemanden zum Schweigen zu bringen. Wo waren Sie heute Morgen zur Tatzeit, als Herr Goldmann von der Dachterrasse des Hotelturms stürzte?"

Hannes stammelte, wich ihrem Blick aus und starrte auf die glühende Spitze seiner Zigarette. „Ich... ich war auf meinem Zimmer. Hab... hab meditiert. Ja, genau. Tiefenentspannt meditiert. Um mich von Janos... von seinen widerlichen Provokationen gestern Abend zu erholen." Er blickte flehentlich zu Erna auf. „Ich schwöre Ihnen bei allem, was mir heilig ist, ich hab ihm nichts getan! Ich war die ganze Zeit auf meinem Zimmer!"

Ein Alibi, das so dünn war wie das vegane Knäckebrot zum Frühstück und so glaubwürdig wie Janos Behauptung, er sei ein spiritueller Guru, dachte Erna. Alleine meditieren, während draußen die Welt untergeht. Sehr überzeugend. „Verstehe", sagte sie nur und ließ die Stille ihre Wirkung entfalten, nur unterbrochen vom Zirpen der Grillen und dem leisen Rauschen des Windes.

„Und die Festplatte, von der Sie gesprochen haben?", fragte Erna nach einer Weile scheinbar beiläufig. „Die gelöschten Daten? Was war denn da so Wichtiges drauf, das niemand finden darf?"

Hannes' Augen weiteten sich vor Schreck. Er stotterte: „Das... das waren nur alte Geschäftsunterlagen. Privater Kram. Das geht niemanden was an! Hat mit Jano nichts zu tun!" Er warf die Zigarette auf den Boden und trat sie hastig aus.

Erna ließ ihn mit seinen zitternden Händen und seiner offensichtlichen Panik allein. Sie kehrte in die Lobby zurück, wo sie Pascal beobachtete, wie er von Lena Larcher, die ungeduldig auf einen Cocktail wartete, kurz und herablassend angefahren wurde. Der junge Mann wirkte immer eingeschüchterter und gestresster.

Kaum hatte Erna sich an einen kleinen Tisch gesetzt, um ihre Notizen zu den jüngsten Erkenntnissen zu überfliegen – Hannes Hofer war mit seinem Verhalten und dem verdächtigen Telefonat definitiv auf ihrer Liste der Hauptverdächtigen nach oben gerückt –, trat Luna-Sophie von der Rezeption mit ihrem unvermeidlichen, aber heute irgendwie noch angestrengteren Lächeln zu ihr.

„Frau Gruber, Verzeihung für die Störung. Herr Direktor Walder würde Sie gerne einen Augenblick in seinem Büro sprechen, wenn es Ihnen jetzt passen würde. Er sagte, es gäbe da etwas Wichtiges bezüglich Ihres Aufenthalts zu besprechen." Die „Einladung" klang in Ernas Ohren mehr wie eine Vorladung vor das Standgericht. Walders Geduldsfaden schien endgültig gerissen zu sein.

Eine unmissverständliche Warnung

Tag 2, Abend (ca. 19:30)

Luna-Sophie führte Erna mit der unterkühlten Freundlichkeit einer Flugbegleiterin, die einen Passagier zur außerplanmäßigen Befragung durch den Kapitän geleitet, zum Büro des Hoteldirektors. Die junge Frau vermied jeden Blickkontakt, was Erna als kein gutes Zeichen wertete. Jakob Walders Büro war, wie nicht anders zu erwarten, eine weitere Symphonie in Zirbenholz und minimalistischem Design, unterbrochen nur von einem überdimensionierten Bildschirm, auf dem gerade eine Diashow mit idyllischen Landschaftsaufnahmen und auf Yogamatten meditierenden, entrückt lächelnden Models lief. *Die reinste Verhöhnung der aktuellen Realität,* dachte Erna. Walder selbst saß hinter einem riesigen Schreibtisch, der aussah, als wäre er für einen Staatschef und nicht für einen Hotelier gedacht, der gerade versuchte, einen potenziellen Mordfall unter den Teppich zu kehren. Sein Lächeln, als Erna eintrat, wirkte so echt wie ein Dreieuroschein und so entspannt wie ein Gummiband kurz vor dem Reißen.

„Frau Gruber, nehmen Sie doch bitte Platz", sagte er mit einer Geste, die Gastfreundschaft signalisieren sollte, aber den Unterton einer förmlichen Vorladung nicht ganz verbergen konnte. Seine Stimme klang gepresst. Erna nahm auf einem der unbequemen Designerstühle Platz, die vermutlich dazu dienten, unliebsame Besuchergespräche möglichst kurz und ungemütlich zu halten.

„Herr Direktor Walder, Sie wollten mich sprechen?", fragte Erna mit gespielter Unschuld, als wüsste sie nicht, was nun kommen würde.

Walder räusperte sich, seine sonst so aalglatte Fassade zeigte deutliche Risse. „In der Tat, Frau Gruber. Es ist... äh... unüberhörbar und unübersehbar zu meiner Kenntnis gelangt, dass Sie heute Nachmittag und auch jetzt am Abend... nun ja, sagen wir, recht intensive und zahlreiche Gespräche mit einigen unserer Gäste und auch mit meinem Personal geführt haben." Er tippte mit einem sündteuren, vergoldeten Kugelschreiber nervös auf seiner makellosen Schreibtischunterlage herum. „Gespräche, die sich, so wurde mir von mehreren Seiten zuverlässig berichtet, ausschließlich um den... den äußerst bedauerlichen und tragischen Vorfall von heute Morgen drehten."

„Ich bin nun einmal ein kommunikativer Mensch, Herr Walder", erwiderte Erna trocken. „Und nach so einem furchtbar schrecklichen Ereignis, das uns alle hier tief erschüttert hat, ist es doch nur menschlich und verständlich, dass man miteinander spricht, sich austauscht, versucht, das Unfassbare irgendwie zu verarbeiten und Trost im Gespräch sucht."

„Selbstverständlich, selbstverständlich", beeilte sich Walder zu sagen, aber sein Blick wurde härter, und die gespielte Freundlichkeit wich einer kaum verhohlenen Verärgerung. „Allerdings, Frau Gruber, hat die zuständige Polizei, wie Sie selbst miterlebt haben, den Vorfall nach eingehender Prüfung als einen tragischen Unfall eingestuft. Inspektor Holzer hat mir persönlich versichert, dass die Sache damit polizeilich abgeschlossen ist und keine weiteren Ermittlungen notwendig sind." Er beugte sich leicht vor, seine Stimme wurde schärfer. „Was ich nun absolut nicht gebrauchen kann, und was ich unter keinen Umständen dulden werde, ist, dass hier im Haus durch unqualifizierte Spekulationen und private Liebhaber-Detektivarbeit Unruhe gestiftet wird! Das 'Alpen-Zen' steht für Harmonie, für Diskretion und für das ungestörte Wohlbefinden unserer anspruchsvollen Gäste. Solche... privaten Nachforschungen, wie Sie sie offenbar mit großem Eifer anstellen, sind dem Ruf meines Hauses in höchstem Maße abträglich und verunsichern die anderen Gäste zutiefst, die hierherkommen, um Ruhe und Erholung zu finden!"

„Private Nachforschungen?", Erna hob eine Augenbraue mit gespielter Überraschung. „Aber Herr Walder, wie kommen Sie denn darauf? Ich bin lediglich eine besorgte Mitbürgerin und eine mitfühlende ältere Dame. Wenn Menschen unter Schock stehen, so wie die arme Frau Schnitzler oder die junge Frau Steiner, die ja beide Zeuginnen dieses furchtbaren Geschehens wurden, dann höre ich ihnen eben aufmerksam zu und versuche, Trost zu spenden. Das nennt man doch Mitgefühl, oder nicht? Ein Konzept, das in Ihrem so hochgelobten Achtsamkeits-Retreat doch sicher eine ganz zentrale Rolle spielt?" Ihr Ton war unschuldig wie ein frisch gefallenes Schneeflöckchen, aber mit einem feinen, fast schon schneidenden ironischen Unterton, der Walder sichtlich zur Weißglut trieb.

Seine Kiefermuskeln spannten sich an, eine kleine Ader pochte an seiner Schläfe. „Frau Gruber, ich bitte Sie nun zum letzten Mal und mit allem erdenklichen Nachdruck, diese... 'mitfühlenden Gespräche' und Ihre 'privaten Beobachtungen' sofort und vollständig einzustellen. Verhalten Sie sich wie ein normaler, erholungssuchender Gast, der die Privatsphäre anderer respektiert. Genießen Sie die vielfältigen Annehmlichkeiten unseres Hauses, die ausgezeichnete vegane Küche, die zahlreichen Wellness- und spirituellen Angebote." Sein Lächeln wirkte nun wie eine aggressive Grimasse. „Ich möchte wirklich nicht gezwungen sein, sehr viel unangenehmere Maßnahmen zu ergreifen, um die Harmonie, den Frieden und vor allem die dringend benötigte Diskretion, für die das 'Alpen-Zen' international bekannt ist und geschätzt wird, mit allen Mitteln zu wahren."

Die Drohung war nicht mehr subtil, sie war ein unmissverständlicher, verbaler Faustschlag. Ein Rauswurf. Das würde ihre Ermittlungen jäh und wahrscheinlich endgültig beenden.

Erna stand langsam auf, ihre Bewegungen waren ruhig und bedächtig. „Ich verstehe Sie vollkommen, Herr Direktor Walder. Die Harmonie und der gute Ruf Ihres Hauses liegen mir selbstverständlich auch sehr am Herzen." Sie schenkte ihm ein Lächeln, das so undurchdringlich war wie das von Konrad König. „Ich werde mich nach Kräften bemühen, meine natürliche Neugier und mein aufrichtiges Interesse am menschlichen Schicksal in den dafür vorgesehenen und von Ihnen gewünschten Bahnen zu halten. Vielleicht besuche ich ja morgen früh den Workshop über 'Das Loslassen von belastenden Gedanken und die Kunst des Annehmens'. Das scheint mir nach den heutigen Ereignissen eine sehr passende Übung zu sein."

Walder schien nicht ganz überzeugt von ihrer plötzlichen Einsicht, nickte aber sichtlich erleichtert. „Das freut mich außerordentlich zu hören, Frau Gruber. Ich wünsche Ihnen noch einen möglichst erholsamen und vor allem unauffälligen Abend."

„Den werde ich sicher haben, Herr Direktor", erwiderte Erna mit einer inneren Gelassenheit, die sie selbst überraschte, und verließ das Büro des sichtlich unter Hochspannung stehenden Hoteldirektors.

Draußen im Flur atmete sie tief durch. Die Schlinge hatte sich enger gezogen – zumindest was ihre offene Bewegungsfreiheit und ihre Möglichkeiten zur direkten Befragung anging. Walder hatte ihr unmissverständlich klargemacht, dass er keine weiteren „Störungen" dulden und sie beim geringsten Anlass vor die Tür setzen würde. Ihre Ermittlungen mussten von nun an noch unauffälliger, noch subtiler und vor allem schneller erfolgen. Das Katz-und-Maus-Spiel hatte eine neue, gefährlichere Ebene erreicht. Aber Erna Gruber wäre nicht Erna Gruber, wenn sie sich davon einschüchtern ließe. Im Gegenteil.

Walders panische Nervosität und seine offensichtlichen Vertuschungsversuche bestärkten sie nur noch mehr in ihrem Verdacht, dass hier etwas ganz und gar nicht mit rechten Dingen zuging. Und das machte die Sache nur noch interessanter und dringlicher. Die Jagd ging weiter – nur eben im Verborgenen.

Krieg der Sterne:
Astrologisches Kamingespräch

Tag 2, Später Abend (ca. 20:30)

Nach dem unerfreulichen „Gespräch" mit Direktor Walder, das sich für Erna eher wie eine schlecht getarnte Drohung angefühlt hatte, war ihr klar, dass sie ihre Taktik ändern musste. Offene Befragungen waren vorerst tabu. Jede direkte Frage konnte als „Störung der Harmonie" ausgelegt werden und ihr einen vorzeitigen Rausschmiss aus dem Zirben-Paradies bescheren. Sie brauchte einen subtileren Ansatz, eine Methode, Informationen zu gewinnen, ohne dass es wie eine Ermittlung aussah. Ihr Blick fiel auf Silvia Fröhlich, die junge Lehrerin mit dem unerschütterlichen Glauben an die Macht der Gestirne, die es sich mit einem dicken Wälzer über „Transneptunische Einflüsse auf das Wurzelchakra" und einem Notizheft voller astrologischer Symbole im Kaminzimmer gemütlich gemacht hatte. Das Kaminfeuer knisterte leise und verbreitete eine trügerische Behaglichkeit, die in starkem Kontrast zu den eisigen Spannungen stand, die seit Janos Tod durch das Hotel waberten.

Erna atmete tief durch – eine kleine Geste, die sie sich unbewusst von Dr. Lindner abgeschaut hatte und die ihr half, die innere Anspannung etwas zu lösen – und näherte sich Silvia mit einem Lächeln, das sie hoffte, als eine Mischung aus naiver Neugier und altersmilder Verwirrung erscheinen würde. „Guten Abend, Frau Fröhlich, verzeihen Sie die Störung bei Ihren wichtigen Studien", begann sie mit gespielter Schüchternheit. „Ich habe vorhin beim Abendessen mitbekommen, wie unglaublich kundig Sie über Sternenkonstellationen und deren Einfluss auf uns arme Erdenbürger gesprochen haben. Das fand ich ungemein faszinierend und auch ein wenig... nun ja, beunruhigend nach all dem, was passiert ist." Erna setzte sich, ohne direkt eingeladen worden zu sein, in den Sessel gegenüber und achtete darauf, das Gespräch so zu führen, dass es von außen – und sie war sich sicher, dass sie beobachtet wurde – wie eine harmlose Plauderei unter zwei Hotelgästen aussah, die Trost in höheren Sphären suchten. Sie bemerkte, wie Luna-Sophie an der Rezeption, die von hier aus gerade noch einsehbar war, auffällig oft in ihre Richtung blickte und dann leise mit jemandem telefonierte – zweifellos ein direkter Draht zu Direktor Walder.

Silvia Fröhlich blickte erfreut von ihrem Buch auf, geschmeichelt von Ernas gespieltem Interesse an ihrer „kosmischen Expertise". „Oh, Frau Gruber! Ja, die Sterne lügen nie. Ihre Weisheit ist unendlich, wenn man nur lernt, ihre geheimnisvolle Sprache zu verstehen." Sie deutete auf eine komplizierte, handgezeichnete Planetenkarte in ihrem Notizbuch. „Sehen Sie, es war ja leider astrologisch fast schon vorprogrammiert! Der arme Herr Goldmann... sein Mars stand im exakten Quadrat zu seinem Uranus im achten Haus – dem Haus des Todes, der tiefen Transformation und der plötzlichen, unerwarteten Umbrüche! Eine klassische Konstellation für unerwartete, gewaltsame Ereignisse, oft auch durch versteckte Feinde oder selbstzerstörerische Tendenzen! Und dann noch der rückläufige Merkur in seinem Kommunikationshaus – das konnte ja nur zu Missverständnissen und fatalen Auseinandersetzungen führen!"

„Faszinierend und furchtbar zugleich", wiederholte Erna mit gespielter Ergriffenheit, obwohl ihr das alles wie böhmische Dörfer mit sieben Siegeln vorkam. *Versteckte Feinde hatte der Goldmann ja nun wirklich genug, dafür brauchte man keine Sterne,* dachte sie. „Manchmal spürt man ja auch ohne Sterne, dass gewaltige Spannungen in der Luft liegen, nicht wahr? So viele unterschiedliche Menschen auf engem Raum, alle mit ihren eigenen Energiefeldern... da müssen die Schwingungen ja förmlich knistern und sich entladen." Sie versuchte, das Gespräch unauffällig in die gewünschte Richtung zu lenken.

Silvia Fröhlich nickte eifrig, ihre Silberkettchen klimperten zustimmend. „Oh ja, absolut! Die Energien waren gestern Abend beim Dinner extrem disharmonisch, das habe ich sofort gespürt! Janos Aura war... nun, sagen wir, von sehr dunklen, fast schon aggressiven Schwingungen durchzogen. Er hat so viel negative Energie auf die anderen projiziert, besonders auf Herrn König, den Konrad."

„Herrn König?", hakte Erna beiläufig nach, als fiele ihr der Name gerade so ein. „Die beiden schienen sich ja nicht besonders grün zu sein, wenn ich das richtig beobachtet habe."

„Grün? Das ist die Untertreibung des Jahrhunderts!", sagte Silvia und senkte die Stimme verschwörerisch, als würde sie ein Staatsgeheimnis verraten. „Ich habe die beiden gestern Abend, nach dem Essen, von der Bibliothek aus in der Bar beobachtet. Die Sitzecke dort ist ja etwas abseits und nicht gut einsehbar. Sie haben sehr, sehr heftig diskutiert, fast schon gebrüllt. Ich konnte nicht jedes Wort verstehen, der Champagner floss ja in Strömen, aber die Stimmen waren laut und voller Aggression. Herr König wirkte unglaublich aufgebracht, sein Gesicht war ganz blass vor Wut, und er hat fast schon bedrohlich auf Herrn Goldmann eingeredet, der ihn aber nur höhnisch ausgelacht hat. Jano hat irgendetwas von 'dunklen Machenschaften' und 'finanziellen Tricksereien im großen Stil' gesagt, die er 'mit Vergnügen auffliegen lassen' würde, wenn König nicht spurt. Und Herr König hat dann ganz leise, aber so, dass ich es gerade noch hören konnte, geflüstert, dass Jano sich da in etwas einmische, das ihn seinen Kopf kosten könnte, wenn er nicht aufpasst! Das passte so gar nicht zu Herrn Königs sonst so kühler, überlegen wirkender Art."

Ein handfester Streit also, mit unverhohlenen Drohungen. Das war deutlich mehr als nur „disharmonische Energien". „Kennen Sie Herrn König denn näher, Frau Fröhlich?", fragte Erna, als fiele ihr die Frage gerade so ein, während sie tat, als würde sie ein besonders interessantes Zirbenholz-Muster an der Wand studieren.

Silvia Fröhlich nickte. „Flüchtig, ja. Wir waren vor ein paar Jahren mal auf demselben Esoterik-Vortrag in Innsbruck. Thema war 'Die Kraft der inneren Bilder und positiven Visualisierung'. Er hat sich damals in der anschließenden Diskussionsrunde sehr abfällig und extrem zynisch über das Ganze geäußert, als wäre er nur dort, um sich über die Teilnehmer und den Referenten lustig zu machen. Das hat mich schon damals sehr irritiert und abgestoßen. So ein negativer Mensch, der alles ins Lächerliche zieht. Sehr disharmonisch und unauthentisch."

Erna bedankte sich überschwänglich für die „ungemein interessanten Einblicke in die kosmischen und zwischenmenschlichen Zusammenhänge". Silvias Hang zum Spirituellen und ihre blumigen astrologischen Deutungen mochten für Erna schwer nachvollziehbar sein, aber ihre Beobachtungsgabe für handfeste menschliche Dramen war offenbar messerscharf und ungetrübt. Der Konflikt zwischen Jano Goldmann und Konrad König hatte eine neue, sehr viel bedrohlichere Dimension bekommen. Und Königs anscheinend schon länger bestehende zynische Haltung gegenüber Dingen, für die andere hier viel Geld bezahlten, machte ihn zu einer noch rätselhafteren und potenziell gefährlicheren Figur.

Als Erna das Kaminzimmer verließ und einen Blick zur Rezeption warf, sah sie, wie Luna-Sophie eifrig in ihr Telefon sprach und dabei verstohlen in ihre Richtung blickte. Sie hatte keinen Zweifel, dass Direktor Walder über dieses „harmlose Gespräch über Sterne und Schwingungen" umgehend und mit den nötigen Ausschmückungen informiert werden würde. Ihre Leine wurde immer kürzer. Das Spiel wurde immer gefährlicher.

Zynische Spielchen

Nachdem Silvia Fröhlich ihr von dem heftigen Streit zwischen Jano Goldmann und Konrad König berichtet hatte, war Ernas Interesse an dem zynischen Ex-Manager schlagartig gestiegen. Sie fand ihn, wie schon am Vorabend, in einer schlecht beleuchteten Nische der Hotelbar, ein Glas Rotwein – vermutlich ein sündteurer Tropfen, den er sich trotz seiner „unfreiwilligen Auszeit" leistete – vor sich, vertieft in die Lektüre einer internationalen Wirtschaftszeitung, die wie ein Schutzschild vor der Banalität des Hotelalltags und den emotionalen Ausbrüchen seiner Mitmenschen wirkte. Die Bar war fast leer, nur ein paar vereinzelte Gäste verloren sich in den tiefen Sesseln, ihre Gespräche waren gedämpfte Flüstertöne. Der Barkeeper polierte mit stoischer Ruhe Gläser und tat so, als würde er die unterschwellige Spannung, die seit Janos Tod im Raum hing, nicht bemerken.

Erna wusste, dass sie vorsichtig sein musste. Walders Warnung hallte noch in ihren Ohren nach. Sie durfte nicht den Eindruck erwecken, eine offizielle Befragung durchzuführen. Ein beiläufiges Gespräch unter Hotelgästen, die versuchten, die „tragischen Ereignisse" zu verarbeiten, das war die Legende.

„Herr König, haben Sie etwas dagegen, wenn ich mich einen Moment zu Ihnen geselle?", fragte sie und deutete auf den freien Stuhl an seinem kleinen Tisch. Ihre Stimme klang absichtlich etwas müde und besorgt. „Die Atmosphäre hier im Hotel ist ja nach den heutigen Ereignissen doch etwas... nun ja, nennen wir es 'herausfordernd'. Da tut ein wenig unbefangene Unterhaltung über etwas anderes als Chakren und Auren vielleicht gut."

Konrad König blickte langsam von seiner Zeitung auf, ein Anflug von spöttischer Belustigung in seinen kühlen, grauen Augen, die aussahen, als hätten sie schon zu viel von der Welt und ihren

Abgründen gesehen. „Frau Gruber. Die pensionierte Kommissarin auf der Suche nach Zerstreuung oder... vielleicht doch eher nach der ultimativen Wahrheit hinter dem profanen Ableben eines unbedeutenden Influencers?" Er machte eine einladende Geste mit der Hand, in der er sein Weinglas hielt. „Bitte, nehmen Sie Platz. Aber erwarten Sie keine tiefschürfenden esoterischen Weisheiten von mir. Dafür sind andere hier zuständig, wie ich mit einer gewissen Faszination feststellen durfte." Sein Ton war geschliffen, jede Silbe saß.

Erna setzte sich. „Nein, nein, darum geht es mir nicht, Herr König. Eher um die... menschlichen Aspekte. So ein plötzlicher Tod, auch wenn es ein bedauerlicher Unfall war, wie Inspektor Holzer meint, wirft ja viele Fragen auf und hinterlässt eine seltsame Stimmung. Und Herr Goldmann schien ja nicht gerade der beliebteste Mensch auf Erden gewesen zu sein, wenn man den Gesprächen so lauscht."

„Eine präzise und bemerkenswert zurückhaltende Beobachtung, Frau Gruber", erwiderte Konrad und nahm einen bedächtigen Schluck Wein. „Jano Goldmann hatte das seltene Talent, sich in Rekordzeit eine beeindruckende Anzahl von Feinden zu machen. Eine Fähigkeit, die er mit einer bemerkenswerten, fast schon künstlerischen Konsequenz pflegte."

„Sie eingeschlossen, wie ich von einer sehr... astrologisch bewanderten Dame gehört habe?", fragte Erna beiläufig und tat so, als würde sie das Etikett seiner Weinflasche studieren, die auf dem Tisch stand. „Man munkelt, er hätte versucht, Sie mit Informationen über Ihre... bewegte berufliche Vergangenheit unter Druck zu setzen. Ein Finanzskandal, der Sie Ihre glänzende Karriere gekostet haben soll und Sie in dieses... nun ja, spirituelle Refugium geführt hat."

Konrads Lächeln wurde eine Spur eisiger, aber seine Augen funkelten belustigt. „Goldmann war ein Amateur im Metier der Informationsbeschaffung, Frau Gruber, aber erstaunlich gut darin, die wunden Punkte seiner Mitmenschen zu finden und genüsslich darin herumzustochern. Er schien eine Art... ungesundes, fast schon kindisches Vergnügen daran zu haben, andere leiden zu sehen. Er hat tatsächlich versucht, mich mit einigen Halbwahrheiten und Gerüchten, die er vermutlich aus denselben Kreisen aufgeschnappt hatte, in denen auch ich mich früher bewegte, unter Druck zu setzen. Vermutlich hoffte er auf eine großzügige 'Schweigegeld'-Zahlung, um seine nächste Luxus-Yoga-Matte aus Yak-Leder zu finanzieren."

„Hatte er damit Erfolg?", fragte Erna, ihren Blick immer noch scheinbar auf der Weinflasche.

„Ich lasse mich nicht erpressen, Frau Gruber", sagte Konrad mit einer Ruhe, die fast schon bedrohlich wirkte. „Schon gar nicht von einem vulgären Emporkömmling und Hochstapler wie Jano Goldmann. Ich habe ihm bei unserer... nennen wir es 'Meinungsverschiedenheit' gestern Abend unmissverständlich klargemacht, dass er bei mir auf Granit beißt. Manche Probleme erledigen sich ja auch von selbst, wenn man ihnen nur genug Zeit gibt."

„Eine 'Meinungsverschiedenheit', die Frau Fröhlich, unsere astrologische Expertin, als ziemlich hitzigen, fast schon bedrohlichen Streit beschrieben hat, bei dem Sie sehr aufgebracht gewirkt haben sollen", entgegnete Erna und sah ihn nun direkt an.

Konrad zuckte kaum merklich mit den Schultern. „Frau Fröhlich hat eine blühende Fantasie und neigt dazu, kosmische Dramen und Shakespearsche Tragödien in alltägliche Meinungsverschiedenheiten unter zivilisierten Menschen zu interpretieren. Jano war laut, vulgär und ausfallend, ich habe lediglich meine Position mit der gebotenen Klarheit dargelegt." Er lehnte sich zurück. „Aber da Sie ja offenbar ein unstillbares Faible für Detektivarbeit haben, Frau Gruber..." Er deutete auf Ernas Handy, das unauffällig auf dem Tisch lag. „Zeigen Sie mir doch mal dieses ominöse Video, das die junge Food-Bloggerin mit der Butter-Obsession gemacht haben soll. Vielleicht erkenne ich ja etwas, das Ihrer ansonsten untrüglichen kriminalistischen Aufmerksamkeit entgangen ist."

Erna zögerte einen Moment. Konrad spielte ein raffiniertes Spiel, das war offensichtlich. Aber vielleicht konnte sie ihn ja mit seinen eigenen Waffen schlagen oder zumindest eine unbedachte Reaktion provozieren. Sie zeigte ihm das unscharfe Standbild von Sabrinas Video – die schemenhafte Gestalt im Kapuzenpulli.

Konrad beugte sich mit gespieltem oder echtem Interesse vor, nahm sein Lorgnon zur Hand, das er mit einer eleganten Geste aufsetzte. „Faszinierend, faszinierend. Ein Schemen im Zwielicht, fast schon expressionistisch. Könnte Ihr Friseur sein, mein Gärtner, oder mit etwas Fantasie sogar der Yeti auf Heimaturlaub. Die Beweiskraft, meine liebe Frau Kommissarin a.D., tendiert doch eher gegen Null, würden Sie mir da nicht zustimmen?" Er legte das Lorgnon wieder ab und sah Erna mit einem Anflug von schwarzem Humor an. „Interessant ist jedoch die Körperhaltung, wenn man die Bewegungsunschärfe mit einbezieht. Wirkt fast... ungeschickt, geradezu dilettantisch. Als hätte da jemand kalte Füße bekommen oder versucht, eine lästige Fliege zu erschlagen, während er gleichzeitig einen Mord plant und ausführt. Nicht sehr professionell, finden Sie nicht? Wenn ich jemanden von einer Dachkante befördern würde, Frau Gruber, dann versichere ich Ihnen, sähe das deutlich eleganter und effizienter aus."

War das ein Hinweis? Eine Finte? Oder einfach der Ausdruck seines makabren Humors und seiner Arroganz?

„Ihr Alibi für heute Morgen, Herr König?", fragte Erna direkt und ignorierte seine Provokation.

„Ich war auf meinem Zimmer. Habe gelesen. Schopenhauer. 'Die Welt als Wille und Vorstellung'. Eine willkommene und intellektuell anregende Abwechslung zur Banalität des Seins und der... äh... sehr speziellen Angebote dieses Hauses." Er lächelte dünn.

„Alleine, versteht sich. Gesellschaft meide ich in der Regel, besonders wenn sie so... anstrengend ist wie die hiesige."

„Ein Alibi, das schwer zu überprüfen ist", bemerkte Erna. „Es gibt da diese unauffällige Service-Treppe zur Dachterrasse. Ziemlich diskret. Jemand mit Ihrer Statur, vielleicht in einem unauffälligen, dunklen Kapuzenpulli, den Sie ja vielleicht für Ihre morgendlichen Spaziergänge besitzen... könnte unbemerkt dort oben gewesen sein und die... äh... Umstände für Janos Sturz etwas optimiert haben." Sie beobachtete seine Reaktion genau.

Ein fast unmerkliches Zucken seiner linken Augenbraue, dann wieder die kühle, undurchdringliche Fassade. „Eine interessante Theorie, Frau Gruber. Sehr kreativ. Aber reine Spekulation, wie Sie als erfahrene Kriminalistin sicher wissen. Wissen Sie," er beugte sich leicht vertraulich vor, seine Stimme wurde leiser, fast schon ein Zischeln, „manchmal braucht es nur einen kleinen Schubs, einen winzigen Anstoß, um das Unvermeidliche zu beschleunigen. Einen kleinen Stupser zur rechten Zeit am rechten Ort, und schon löst sich ein lästiges Problem auf... nun ja, sagen wir, auf sehr endgültige und befriedigende Weise. Die Schwerkraft ist da ein unbestechlicher und äußerst diskreter Helfer." Sein Blick war scharf und voller doppeldeutiger Anspielungen.

Erna spürte ein kaltes Kribbeln im Nacken. Dieser Mann war gefährlich. Entweder war er der Täter und spielte ein perfides, intellektuelles Spiel mit ihr, oder er wusste mehr, als er zugab, und genoss es sichtlich, sie im Unklaren zu lassen und ihre Grenzen auszutesten.

„Danke für Ihre... philosophischen Betrachtungen, Herr König", sagte Erna und erhob sich, bemüht, ihre innere Anspannung nicht zu zeigen. „Sie haben mir einige sehr interessante Denkanstöße gegeben."

„Jederzeit wieder, Frau Kommissarin", erwiderte er mit einem Lächeln, das nichts Gutes verriet. „Vielleicht lösen Sie ja das Rätsel dieses 'bedauerlichen Unfalls', bevor der bemitleidenswerte Inspektor Holzer überhaupt merkt, dass es eines gibt. Das wäre doch eine hübsche Pointe für Ihren Ruhestand."

Erna verließ die Bar, ein neues Knäuel aus Fragen, Verdachtsmomenten und einer wachsenden Beunruhigung im Kopf. Konrad König war nun definitiv ihr Hauptverdächtiger. Aber sie durfte die anderen nicht aus den Augen lassen. Und sie musste höllisch aufpassen, dass Direktor Walder ihr nicht endgültig einen Strich durch die Rechnung machte und sie vor die Tür setzte. Der Abend war noch nicht vorbei, und der nächste Tag versprach, noch aufschlussreicher und gefährlicher zu werden – vorausgesetzt, sie konnte ihre Ermittlungen ungestört fortsetzen.

IV

Neue Perspektiven

Eine Morgen-Meditation schafft Klarheit

Tag 3, Früher Morgen (ca. 07:30)

Erna hatte die Nacht kaum ein Auge zugetan. Die zynischen Bemerkungen Konrad Königs, Hannes Hofers panisches Telefonat und die allgemeine Atmosphäre der gegenseitigen Verdächtigungen hatten sich wie ein schwerer Albtraum über ihren Schlaf gelegt. Als sie am Morgen zum Frühstück in die „KarmaKüche" kam – heute gab es „Sonnenaufgangs-Porridge mit kosmisch aktivierten Leinsamen und handgepflückten Bergblüten", das verdächtig nach dem Hirse-Porridge vom Vortag aussah, nur mit anderer Dekoration –, war die Stimmung unter den verbliebenen Retreat-Teilnehmern so frostig, dass man Eiszapfen an den Zirbenholzbalken hätte vermuten können.

Sarah Fuchs, deren Lächeln mittlerweile so brüchig wirkte wie das vegane Knäckebrot auf dem Buffet, kündigte mit matter, aber bemüht zuversichtlicher Stimme eine „freiwillige Morgen-Meditation zur energetischen Reinigung des kollektiven Feldes und zur Klärung des Geistes von belastenden Schwingungen" an. Erna hätte normalerweise dankend abgelehnt und stattdessen einen doppelten Espresso bestellt, um ihren eigenen Geist von den Schwingungen des Schlafmangels zu befreien. Aber Dr. Lindner hatte ihr am Vorabend bei einer zufälligen Begegnung im Flur mit einem fast unmerklichen Augenzwinkern und einem wissenschaftlich fundierten Vortrag über die Sauerstoffversorgung des Gehirns zugeraunt: „Manchmal, Frau Gruber, gerade wenn die Gedanken rasen, sieht man die Dinge klarer, wenn man dem Gehirn eine kurze Pause gönnt und sich nur auf den Atem konzentriert. Versuchen Sie es doch mal. Ganz ohne Hokuspokus, rein physiologisch betrachtet. Könnte bei Ihren... Überlegungen vielleicht helfen." Der Zusatz „rein physiologisch" und die Tatsache, dass Dr. Lindner eine der wenigen Personen hier war, deren Verstand Erna für uneingeschränkt funktionstüchtig hielt, hatten ihre Neugier geweckt. Außerdem, so dachte Erna pragmatisch, bot die Meditation eine exzellente Gelegenheit, die Verdächtigen in einer vermeintlich entspannten Atmosphäre genauer zu beobachten.

Der Meditationsraum war ein heller, schlichter Raum mit Holzboden, auf dem im Kreis Meditationskissen arrangiert waren, die aussahen, als wären sie mit Zirbenspänen und guten Vorsätzen gefüllt. Erna suchte sich widerwillig ein Kissen am Rand und ließ sich mit einem unterdrückten Ächzen nieder. Sie bemerkte, wie Hoteldirektor Walder einen kurzen, prüfenden Blick durch die halb geöffnete Tür warf, seine Augen verweilten einen Moment länger als nötig auf Erna, bevor er diskret wieder verschwand. Die Überwachung ging also weiter.

Sarah Fuchs begann mit sanfter, fast schon monotoner Stimme von „innerer Stille" und dem „Loslassen aller Anhaftungen" zu sprechen. Erna ließ ihren Blick unauffällig über die anderen Teilnehmer schweifen. Lars Vogt saß zusammengekauert da, seine Augenlider zuckten bei jedem Knarren der Dielenbretter, und er schien leicht zu schwitzen. Hannes Hofer rutschte unruhig auf seinem Kissen hin und her, als hätte er Ameisen in der Hose. Lena Larcher saß mit geschlossenen Augen und einer Miene da, die Perfektion und eiserne Kontrolle ausstrahlte – oder war es schlichte Langeweile? Konrad König hatte die Augen ebenfalls geschlossen, aber ein feines, spöttisches Lächeln umspielte seine Lippen.

Erna versuchte, Sarahs Anweisungen zu folgen, zumindest den Teil mit dem Atem. *Ich atme seit sechsundsechzig Jahren,* dachte Erna bissig, *meistens ziemlich erfolgreich, sonst säße ich jetzt nicht hier und müsste mir diesen Unsinn anhören.* Aber sie versuchte es. Tief ein. Langsam aus. Um sich von dem „spirituellen

Geschwafel" und dem Duft der Räucherstäbchen abzulenken und ihre eigenen, rasenden Gedanken zu ordnen.

Zu ihrer eigenen, ungläubigen Überraschung spürte sie nach einigen Minuten angestrengter Konzentration eine leichte Veränderung. Eine unerwartete Ruhe breitete sich in ihr aus, eine seltsame Distanz zu dem Gedankenkarussell. Und in diesem unerwarteten Moment der mentalen Stille war es nicht eine einzelne, neue Erleuchtung, sondern vielmehr eine plötzliche, kristallklare Ordnung der bereits vorhandenen Fakten. Die Puzzleteile des Falles, die bisher lose in ihrem Kopf herumgeschwirrt waren, fügten sich vor ihrem inneren Auge zu einer schlüssigen Theorie zusammen:

Der ölige Film auf dem Glasgeländer, den sie als Erste bemerkt hatte – das war kein Zufall, keine normale Verschmutzung gewesen. Das war das Tatmittel. Janos letzte, anklagende Worte – „Das Öl! Du verdammtes Schwein!" – bestätigten dies und wiesen auf einen Täter, der Jano bekannt war und den er hasste. Die versteckte Service-Treppe, von der Bruni Schnitzler gesprochen hatte, war der Schlüssel zum Tatort – ein unauffälliger Zugang, um die Manipulation vorzunehmen. Die Tat musste also von jemandem begangen worden sein, der ein starkes Motiv hatte, Jano zu schaden, der die Örtlichkeiten und Janos Pläne kannte und der Zugang zu dem spezifischen Öl hatte.

Die Meditation war zu Ende. Sarah Fuchs schlug sanft eine Klangschale an. Erna fühlte sich nicht erleuchtet im spirituellen Sinne, aber ihr Kopf war erstaunlich klar. Die Theorie war da. Sie musste nun die Verdächtigen durch dieses neue Raster betrachten.

Sie stand auf, das leichte Ziehen im Rücken ignorierend, und verließ den Meditationsraum, ohne Dr. Lindner oder die anderen eines weiteren Blickes zu würdigen. Ihr Weg führte sie direkt zurück in ihr Zimmer „Solarplexus".

Dort, vor ihrer mittlerweile eindrucksvoll bestückten „Ermittlungswand" aus Hotelbroschüren und Notizzetteln, begann sie, ihre Erkenntnisse neu zu strukturieren.

Sie nahm einen frischen Zettel. Überschrift: „TATTHEORIE: Präparierte Absturzkante (Öl) via Service-Treppe." Darunter die Kriterien:

1. Starkes Motiv (Rache, Existenzangst, finanzielle Not).
2. Gelegenheit und Wissen um Janos Stunt-Plan.
3. Potenzieller Zugang zur Service-Treppe und zum Öl (aus dem Spa?).
4. Psychische Verfassung, die eine solche Tat (geplant oder im Affekt eskaliert) zulässt.
5. Wer könnte Janos Ausruf „Schwein" gemeint haben?

Sie ging ihre Verdächtigenliste durch und begann, rote Pfeile und neue Notizen hinzuzufügen:

Lars Vogt: Motiv (Erpressung, Ruin) stark. Psychisch labil, wie Dr. Lindner andeutete und sein Verhalten zeigte. Könnte das spezifische Spa-Öl gekannt und Zugang gehabt haben. Passt zu „Schwein" als verzweifelte Anklage.

Konrad König: Motiv (Finanzskandal, Erpressung) stark. Kaltblütig und intelligent genug für eine geplante Tat. Aber kannte er die Service-Treppe? Und das Spa-Öl? Seine Zynismen machten ihn verdächtig, aber passte die direkte, physische Tat zu ihm?

Lena Larcher: Motiv (Rivalität, finanzieller Schaden) stark. Eiskalt und berechnend. Hätte sie Zugang zur Treppe oder zum Öl finden können? Ihre Physis würde eine Manipulation ermöglichen.

Hannes Hofer: Motiv (Ruin) stark. Panisch, aber ist er raffiniert genug für eine solche Planung? Die Service-Treppe und das Öl scheinen außerhalb seiner üblichen Handlungsmuster zu liegen.

Sarah Fuchs: Motiv (Existenzangst, Ruf). Verzweifelt, aber eine solche Tat? Scheint weniger wahrscheinlich, aber nicht unmöglich, wenn sie keinen anderen Ausweg sah.

Erna strich noch niemanden endgültig von der Liste, aber der Kreis der Hauptverdächtigen hatte sich für sie nun auf Lars Vogt, Konrad König und vielleicht noch Lena Larcher verengt. Hannes und Sarah schienen weniger wahrscheinlich in dieses spezifische Tatmuster zu passen. Die Kapuzenperson von Brunis und Sabrinas Beobachtung musste nun einer dieser Personen zugeordnet werden.

Die Meditation hatte tatsächlich geholfen. Nicht durch kosmische Erleuchtung, sondern durch schlichte, ungestörte Konzentration. Erna grinste. Vielleicht würde sie Dr. Lindners Rat, die Yoga-Stunde zu besuchen, doch noch befolgen. Nicht wegen der Erleuchtung, sondern weil es eine weitere Gelegenheit bot, ihre verbliebenen Verdächtigen aus nächster Nähe zu studieren.

Vertrauenstest mit bösem Verdacht

Tag 3, Vormittag (ca. 10:00)

Nach der überraschend erhellenden, wenn auch mental anstrengenden Meditation und der anschließenden Neusortierung ihrer Verdächtigen an der „Zirbenwand des Grauens", wie Erna ihr improvisiertes Murder Board mittlerweile innerlich nannte, sah sie der angekündigten Yoga-Stunde mit einer Mischung aus tiefem Misstrauen und einer Prise kriminalistischer Neugier entgegen. „Vertrauen stärken, Loslassen lernen – Partner-Yoga für tiefe seelische Verbindungen und harmonischen Energiefluss" stand auf dem Tagesplan, der neben dem veganen Frühstücksbuffet ausgehängt war und bei Erna eher Brechreiz als Vorfreude auslöste. Erna verdächtigte Sarah Fuchs, diesen Programmpunkt nicht ganz uneigennützig so prominent platziert zu haben – vielleicht in der naiven Hoffnung, die „Gruppenenergie" nach dem traumatischen Ereignis des Vortages wieder ins Lot zu bringen, oder, wahrscheinlicher, um den Schein der ungestörten Wellness-Normalität für die verbliebenen Gäste und vor allem für den argwöhnischen Direktor Walder aufrechtzuerhalten.

Der Yoga-Raum war groß, lichtdurchflutet und roch heute Morgen besonders intensiv nach einer Melange aus Zirbenholz, Schweißfüßen und Räucherstäbchen mit einem Duft, der als „Himalaya-Gipfel-Brise" angepriesen wurde, aber Erna eher an eine überdosierte Toilettenspülung erinnerte. Eine riesige Spiegelwand reflektierte gnadenlos jede ungelenke Bewegung, was Erna dazu bewog, sich einen Platz möglichst weit hinten und abseits des Spiegels zu suchen. Sie hatte eigentlich nur vor, die anderen zu beobachten, wie sie sich bei den „vertrauensbildenden Maßnahmen" und dem „harmonischen Energiefluss" zum Affen machten.

Doch Sarah Fuchs, deren Lächeln heute Morgen besonders gequält und gleichzeitig übertrieben enthusiastisch wirkte, hatte andere Pläne für Erna. „Frau Gruber, wie wunderbar, dass Sie sich uns auch heute wieder anschließen! Ich bin sicher, die sanften Asanas und die stärkende Partnerarbeit werden Ihnen guttun und Ihr inneres Gleichgewicht fördern!" *Mein inneres Gleichgewicht wäre am besten gefördert durch ein großes Kotelett und ein kühles Bier,* dachte Erna. „Und für unsere heutigen Partnerübungen... ah, Herr König! Wären Sie so überaus freundlich und achtsam, mit Frau Gruber zu praktizieren? Ich spüre da eine ganz besondere... ja, eine fast schon schicksalhafte intellektuelle Resonanz zwischen Ihnen beiden. Vielleicht können Ihre so unterschiedlichen Energien heute voneinander lernen und sich auf einer höheren Bewusstseinsebene wunderbar ausgleichen!" Sarahs Stimme triefte vor aufgesetzter Spiritualität, als würde sie gerade den Weltfrieden per Yoga-Übung herbeizaubern.

Konrad König, der bis dahin mit der Miene eines Mannes, der auf seine bevorstehende Wurzelbehandlung wartet, am Rand gestanden hatte, hob eine seiner eleganten Augenbrauen und bedachte Erna mit einem Blick, der irgendwo zwischen kühler Belustigung und tiefem, existenziellem Sarkasmus changierte. „Nun, Frau Gruber", sagte er mit seiner gewohnt unterkühlten, präzisen Stimme, „dem Ruf des Universums – oder zumindest dem von Frau Fuchs' unfehlbarer energetischer Intuition und ihrer offensichtlichen Vorliebe für unkonventionelle Paarungen – kann man sich als einfacher Sterblicher wohl kaum entziehen. Auf eine... erhellende und hoffentlich nicht allzu knochenbrecherische Zusammenarbeit."

Erna knirschte innerlich mit den Zähnen, ein Geräusch, das im Klangschalen-Gebimmel fast unterging. Ausgerechnet König! Der Mann, den sie mittlerweile für einen der Hauptverdächtigen hielt, ein zynischer Manipulator par excellence. Aber vielleicht bot diese erzwungene körperliche Nähe ja auch ungeahnte Ermittlungschancen. Und sie konnte schlecht ablehnen, ohne Walders Argwohn weiter zu schüren, der just in diesem Moment kurz an der halb geöffneten Tür des Yoga-Raums erschien, die versammelte Gruppe – und insbesondere Erna – mit einem prüfenden, fast schon missbilligenden Blick bedachte und dann wortlos wieder verschwand. Die Botschaft war klar: Erna stand weiterhin unter Beobachtung. *Dieser Kerl hat mehr Augen als ein Pfau Federn,* dachte sie verärgert.

Die Übungen waren, wie Erna befürchtet hatte, eine schiere Herausforderung für ihre Gelenkigkeit, ihre Geduld, ihren Gleichgewichtssinn und ihre Fähigkeit, sarkastische Bemerkungen für sich zu behalten. „Nun stützt euer Gewicht sanft und vertrauensvoll auf euren Partner", wies Sarah mit engelsgleicher Stimme an, während sie selbst eine anmutige Pose demonstrierte, die Erna an eine verrenkte Brezel erinnerte. „Lasst los, gebt die Kontrolle ab, vertraut darauf, dass ihr gehalten werdet und eure Energien sich verbinden."

Erna und Konrad standen sich gegenüber, die Hände auf den Schultern des anderen. Die Luft zwischen ihnen knisterte förmlich vor unausgesprochenen Verdächtigungen und intellektuellen Scharmützeln. „Wenn Sie mich fallen lassen, Herr König, dann garantiere ich Ihnen, dass meine Reaktion alles andere als achtsam und schon gar nicht im Sinne des Wurzelchakra-Ausgleichs ausfallen wird", knurrte Erna leise, während sie versuchte, sein undurchdringliches Gesicht zu lesen und gleichzeitig nicht über ihre eigenen Füße zu stolpern.

Konrad Königs Mundwinkel zuckten kaum merklich. „Keine Sorge, Frau Kommissarin a.D.", erwiderte er ebenso leise, ein gefährliches Funkeln in den Augen. „Ich bin bekannt für meine Fähigkeit, Dinge – und gelegentlich auch Menschen – fest im Griff zu haben und sie nicht unkontrolliert abstürzen zu lassen. Obwohl... ein wenig Loslassen und das temporäre Aufgeben von Kontrolle könnte Ihnen vielleicht ganz neue Perspektiven eröffnen. Manchmal ist der freie Fall ja auch eine durchaus... erhellende Form der Erleuchtung, nicht wahr?"

Dieser Kerl ist entweder ein Philosoph oder ein verkappter Mörder mit einer Vorliebe für zynische Andeutungen, dachte Erna. *Oder beides.*

Während sie sich durch verdrehte Haltungen, die Namen wie „Der tanzende Shiva im Zirbenwald" oder „Der friedvolle Krieger des inneren Lichts" trugen, und diverse Balanceakte quälten, die Erna innerlich als „Chakra-Ausgleichs-Tanz für fortgeschrittene Masochisten" oder „Versuch der menschlichen Verknotung ohne Knotenlizenz" bezeichnete, beobachtete sie unauffällig die anderen Paare. Lars Vogt war mit der armen Sabrina Steiner zusammengekommen, die sichtlich bemüht war, die Übungen korrekt auszuführen und ihrem Partner zu „vertrauen". Lars jedoch wirkte fahrig, unkonzentriert, seine Bewegungen waren ruckartig und unkoordiniert. Seine Anspannung war fast mit Händen zu greifen. Bei einer Übung, bei der Sabrina sich leicht nach hinten in seine Arme fallen lassen sollte, zögerte er, seine Hände zitterten, und er hätte sie fast zu Boden krachen lassen. Sabrina stieß einen kleinen Schreckenslaut aus, und Lars fuhr sie unwirsch an: „Können Sie nicht einmal stillhalten und sich konzentrieren?! Dieses ganze esoterische Getue ist doch zum Kotzen! Reiß dich zusammen!" Seine Stimme war laut und voller unterdrückter Aggression, die nun unkontrolliert hervorbrach. Sabrina war den Tränen nahe und wich erschrocken zurück. Ein deutlicher Kontrollverlust, der Erna nicht entging.

Lena Larcher und Hannes Hofer bildeten ein seltsames „Power-Paar". Sie führten die Übungen mit fast schon aggressivem Ehrgeiz aus, mehr gegeneinander als miteinander. Ihre Interaktion war von einer unterkühlten Rivalität und dem Wunsch, den anderen zu übertrumpfen oder dessen Balance zu stören, geprägt, was wenig mit Vertrauen oder „harmonischem Energiefluss" zu tun hatte und eher an einen Ringkampf im Zeitlupentempo erinnerte.

„Sie beobachten Ihre Mitmenschen mit der Akribie einer Ornithologin auf der Pirsch, Frau Gruber", bemerkte Konrad König leise, als sie in einer stehenden Vorbeuge die Knöchel des anderen umfassen sollten und Ernas Blick zu Lars wanderte, der gerade wieder Sabrina angefahren hatte. „Alte Gewohnheit oder neu erwachtes Interesse an der menschlichen Natur im Extremsport-Modus dieser... Veranstaltung?"

„Man sieht interessante Dinge, wenn man die Augen offen hält, Herr König. Auch in einer Yoga-Stunde, die mehr an ein Verhör im Zirkus erinnert als an Entspannung." Erna spürte, wie die Dehnung in ihrem Rücken und ihrer chronisch verspannten Schulter ihr erstaunlicherweise guttat. Verdammt, diese esoterische Tante Fuchs hatte vielleicht doch nicht ganz unrecht, was die rein körperlichen Aspekte dieses Verbiegens anging. Auch wenn sie sich lieber auf einer mittelalterlichen Streckbank der spanischen Inquisition gesehen hätte, als sich von Konrad König in solch prekäre und potenziell verräterische Positionen bringen zu lassen.

„Jano hat auch gerne beobachtet", sagte Konrad beiläufig, seine Stimme kaum ein Flüstern, während er Erna mit überraschender Kraft half, wieder in eine aufrechte Position zu gelangen. „Er hatte ein unheimliches Talent dafür, die Schwachstellen, die Ängste und die schmutzigen kleinen Geheimnisse der Menschen zu finden und sie dann genüsslich für seine Zwecke auszunutzen. Vertrauen war für ihn nur ein Werkzeug zur Manipulation. Eine Einladung, die nächste Stufe der Demütigung zu zünden und seine Opfer an den Rand ihrer Abgründe zu treiben."

Ernas Instinkt schlug Alarm. War das ein weiterer Hinweis? Eine Warnung? Oder nur eine seiner zynischen Bemerkungen, um sie zu verwirren und seine eigene Rolle zu verschleiern? „Und was war Ihre Schwachstelle, Herr König, die Jano gefunden oder zu finden geglaubt hat? Oder welcher Abgrund, an dessen Rand er Sie vielleicht zu bugsieren versuchte?"

Konrad König richtete sich langsam auf, sein Gesicht war wieder die undurchdringliche Maske des kühlen Analytikers. „Jeder Mensch hat seine Abgründe, Frau Gruber. Die wahre Kunst besteht darin, nicht hineinzufallen. Oder zumindest nicht von anderen hineingestoßen zu werden, wenn man bereits gefährlich nahe am Rand balanciert und jemand einem vielleicht noch einen kleinen, unsichtbaren Schubs gibt." Sein Blick war direkt und herausfordernd, fast schon eine Provokation, die Erna eine Gänsehaut verursachte.

Die Stunde endete mit einer „gemeinsamen Dankbarkeits-Atemübung im Kreis der kosmischen Verbundenheit". Erna atmete tief durch – diesmal nicht nur aus Erleichterung, dass es vorbei war, sondern auch, weil sie merkte, dass es ihr half, den Wirbel der Eindrücke, Verdächtigungen und Konrad Königs subtile, giftige Nadelstiche zu sortieren. Die Nähe zu diesem Mann hatte sie zutiefst irritiert und alarmiert, aber auch neue, beunruhigende Fragen und Verdachtsmomente aufgeworfen. Seine Andeutungen, seine kühle Fassade, hinter der etwas Dunkleres und Gefährliches zu lauern schien, machten ihn zu einem noch rätselhafteren und gefährlicheren Verdächtigen. Und Lars Vogts offensichtlicher Kontrollverlust... es schrie geradezu nach einem baldigen, vollständigen Zusammenbruch.

Als sie den Yoga-Raum verließ, fühlte sich Ernas Schulter tatsächlich etwas beweglicher an, und ihr Rücken schmerzte erstaunlicherweise weniger. „Vielleicht ist doch nicht alles Hokuspokus an diesem neumodischen Verrenkungs-Zeug", murmelte sie vor sich hin, als sie sich auf den Weg machte, um sich vor dem Mittagessen noch frisch zu machen. „Aber das mit dem Vertrauen... da bleibe ich lieber bei meinem Schnitzel. Dem kann ich blind vertrauen. Das hat noch nie versucht, mich mit doppeldeutigen Bemerkungen

aufs Glatteis zu führen oder mich in ein Chakra-Dilemma zu stürzen."

Ein letzter Warnschuss beim Mittagessen

Tag 3, Mittag (ca. 12:30)

Die Yoga-Stunde hatte Erna zwar eine leicht verbesserte Schulterbeweglichkeit, aber auch eine gehörige Portion Misstrauen gegenüber Konrad König und eine wachsende Beunruhigung bezüglich Lars Vogts labilem Zustand eingebracht. Ihr Magen knurrte vernehmlich. Die Aussicht auf das Mittagessen in der „KarmaKüche" – heute stand laut der handgeschriebenen Speisekarte „Lichtnahrungs-Salat-Symphonie mit sonnengeküssten Blütenpollen und einem Dressing aus purem universellen Bewusstsein" auf dem Plan – dämpfte ihre Vorfreude jedoch erheblich. *Klingt eher nach Kaninchenfutter mit Heuschnupfen-Garantie,* dachte Erna grimmig.

Zum Glück saß Bruni Schnitzler bereits an ihrem angestammten Tisch am Fenster und winkte Erna fröhlich zu. Neben ihrem Teller mit dem kargen Hotelangebot, das heute aussah wie ein trauriger Haufen Unkraut, stand unauffällig eine Thermoskanne und eine gut gefüllte Brotdose.

„Na, Frau Kommissarin, bereit für die nächste spirituelle Fastenkur auf Staatskosten?", grinste Bruni und schenkte Erna einen Becher duftenden, echten Bohnenkaffee aus ihrer Kanne ein. „Und weil der Mensch net vom Zirbenduft und Lichtnahrung allan lebt..." Sie öffnete die Brotdose und präsentierte zwei herrlich duftende, dicke Scheiben frisch gebackenes Roggenbrot, belegt mit würzigem Tiroler Bergkäse und saftigen Kaminwurzen.

„Bruni, Sie sind meine Rettung! Mein Schutzengel mit Proviant-tasche!", seufzte Erna und biss herzhaft in das Brot. „Wenn ich noch einen Tag von 'purem universellen Bewusstsein' leben muss, fange ich an, die Zirbenmöbel anzuknabbern oder die Yoga-Matten zu frittieren."

„Versteh i, versteh i vollkommen", nickte Bruni verständnisvoll und schob Erna noch eine Kaminwurze zu. „Mei seliger Mann hat immer gsagt: A gscheids Essen is die halbe Miete für a guats Gemüt und klare Gedanken. Und klare Gedanken können S' hier ja gut brauchen, bei dem ganzen Gsindl."

Sie aßen und unterhielten sich leise über die Ereignisse des Vormittags und die anderen Gäste. Erna erzählte Bruni von ihren Beobachtungen während der Yoga-Stunde, von Lars Vogts nervösem Ausraster gegenüber Sabrina und Konrad Königs undurchsichtigen, fast schon bedrohlichen Andeutungen. Bruni hörte aufmerksam zu und schüttelte immer wieder den Kopf. „Der König is a ganz a Gscherter, dem trau i ned übern Weg, so feinsinnig er auch tut. Und der Vogt, der arme Teufel, der is ja nur no a Nervenbündel. Kein Wunder, nach dem, was der Goldmann ihm angetan hat."

Mitten in ihr Gespräch, gerade als Bruni Erna eine weitere Kaminwurzen anbot ("Für die Nerven, Frau Gruber, für die Nerven!"), trat Hoteldirektor Jakob Walder mit eisiger Miene an ihren Tisch. Sein sonst so professionelles Lächeln war einer kaum verhohlenen Wut gewichen, seine Augen funkelten gefährlich. Es war offensichtlich, dass er von Ernas fortgesetzten „Aktivitäten" Wind bekommen hatte – sei es durch einen detaillierten Bericht von Luna-Sophie, dem nervösen Pascal oder durch seine eigene, paranoide Beobachtungsgabe.

„Meine Damen, ich hoffe, das Mittagessen mundet?", begann er mit einer Stimme, die so scharf war, dass man damit Glas hätte schneiden können. Sein Blick fixierte jedoch unmissverständlich Erna. „Frau Gruber, ich muss Sie leider noch einmal um ein kurzes Wort unter vier Augen bitten. Es scheint, meine gestrige Bitte um Diskretion und Zurückhaltung ist bei Ihnen nicht ganz angekommen." Er deutete mit einer knappen Geste auf einen abgelegenen Tisch in der Ecke des Restaurants.

Erna wischte sich den Mund mit der Serviette ab, ihr Gesichtsausdruck unbewegt. „Aber Herr Direktor, wir können uns doch auch hier unterhalten. Frau Schnitzler und ich führen gerade ein überaus... erbauliches Gespräch über die Vorzüge traditioneller Tiroler Hausmannskost gegenüber, nun ja, gewissen modernen Ernährungstrends."

Walders Kiefermuskeln spannten sich an. „Frau Gruber, ich bestehe darauf."

Erna seufzte theatralisch und erhob sich. „Wie Sie wünschen, Herr Direktor."

An dem abgelegenen Tisch, weit genug entfernt, um nicht von anderen Gästen belauscht zu werden, kam Walder ohne Umschweife zur Sache. „Frau Gruber, ich hatte Sie gestern Abend eindringlich gebeten, die polizeilichen Angelegenheiten der Polizei zu überlassen und meine Gäste nicht weiter mit Ihren... unqualifizierten und geschäftsschädigenden Nachforschungen zu behelligen. Ich muss jedoch mit größtem Bedauern und wachsender Verärgerung feststellen, dass Sie meine Bitte nicht nur ignoriert, sondern Ihre sogenannten 'Befragungen' und Ihr auffälliges, fast schon provokantes Verhalten heute Vormittag sogar noch intensiviert haben! Ihr Verhalten stört die Harmonie, den Frieden und die dringend benötigte Diskretion dieses Hauses auf das Schwerste und ist absolut inakzeptabel!" Seine Stimme war leise, aber bebte vor unterdrücktem Zorn.

„Aber Herr Direktor", erwiderte Erna mit gespielter Unschuld, „ich tausche mich doch lediglich mit anderen Gästen über ihre... äh... spirituellen Erfahrungen, ihre Yoga-Fortschritte und ihre allgemeinen Befindlichkeiten nach diesem schrecklichen Vorfall aus. Nennt man das in Ihren Kreisen nicht 'achtsames Zuhören' und 'empathische Kommunikation auf Herzebene'? Ich dachte, das wäre ganz im Sinne Ihres Hotelkonzepts."

„Sparen Sie sich Ihre Ironie, Frau Gruber!", zischte Walder, seine Augen verengten sich zu Schlitzen. „Ich weiß genau, was Sie hier treiben! Dies ist das letzte Mal, dass ich Sie in dieser Angelegenheit anspreche, und ich meine es todernst. Entweder Sie verhalten sich ab sofort wie ein normaler, unauffälliger Gast, der die Privatsphäre anderer respektiert und sich ausschließlich den angebotenen Wellness-Anwendungen und der Kontemplation widmet, oder Sie packen sofort Ihre Koffer und verlassen das 'Alpen-Zen' auf der Stelle! Ich kann und werde keine pensionierte Amateurdetektivin dulden, die mein Hotel in ein Tollhaus verwandelt, meine zahlenden Gäste verängstigt und meinen Ruf, den ich mir über Jahre mühsam aufgebaut habe, ruiniert!"

Bruni Schnitzler, die das Gespräch von ihrem Tisch aus mit wachsender Empörung verfolgt hatte und deren Ohren offenbar exzellent waren, mischte sich nun resolut ein. Sie stand auf und trat zu den beiden. „Also, Herr Direktor, jetzt aber mal halblang, wenn ich bitten darf! Die Frau Gruber is doch nur eine freundliche und interessierte Dame! Und nach dem, was hier passiert is mit dem armen Herrn Goldmann – Gott hab ihn selig, auch wenn er a rechter Stinkstiefel war –, is es doch ganz normal, dass ma drüber redt und vielleicht a wissen will, was da wirklich los war! Und wenn Ihre hochgelobte Polizei hier im Ort zu deppert oder zu bequem is, den Fall gscheid aufzuklären, dann muss es halt vielleicht wer anders machen! Manche Leut san halt a bissl dünnhäutig und haben anscheinend was zu verbergen, sonst würden S' net so an Wirbel machen!"

Walder warf Bruni einen vernichtenden Blick zu, der eine weniger resolute Person zum Schweigen gebracht hätte, aber Bruni erwiderte ihn unerschrocken. Er wandte sich wieder Erna zu, sein Gesicht war eine Maske der eisigen Wut. „Sie haben meine Bedingungen gehört, Frau Gruber. Ein weiteres Wort, eine weitere 'Befragung', ein weiterer falscher Schritt, und Sie sind draußen. Unwiderruflich. Das ist mein letztes Wort." Mit diesen Worten drehte er sich auf dem Absatz um und rauschte davon, ohne das Ergebnis seiner Standpauke abzuwarten.

Erna blickte ihm nach, dann nahm sie einen großen Schluck von Brunis Kaffee. „Dünnhäutig ist gut, Bruni", sagte sie nachdenklich. „Der hat nicht nur was zu verbergen. Der hat panische Angst, dass hier noch mehr ans Licht kommt. Und er wird alles tun, um das zu verhindern."

„Ganz meiner Meinung", pflichtete Bruni ihr bei. „Der hat die Hosen gestrichen voll bis obenhin. Und jetzt wird's für Sie erst richtig schwierig, was? Jetzt müssen S' ja aufpassen wie ein Haftlmacher."

Erna nickte. „Das kann man wohl sagen. Ab jetzt muss ich im absoluten Geheimen operieren. Wie ein U-Boot auf Tauchstation." Sie grinste humorlos. „Ein altes, leicht angerostetes U-Boot, aber mit verdammt gutem Sonar und einem unschlagbaren Riecher für faule Fische." Die Jagd war nun offiziell ein Katz-und-Maus-Spiel mit dem Hoteldirektor geworden. Und Erna war fest entschlossen, nicht die Maus zu sein, die in die Falle tappte.

Waldgeflüster, Wurzelchakren und wachsende Verdachtsmomente

Tag 3, Nachmittag (ca. 14:30)

Nach dem angespannten Mittagessen, bei dem Hoteldirektor Walder ihr unmissverständlich den Tarif durchgegeben hatte, sah Erna dem „Achtsamkeits-Spaziergang im Schweigen" mit einer Mischung aus Widerwillen und strategischem Kalkül entgegen. Sarah Fuchs, deren Gesichtszüge mittlerweile die Topografie einer alpinen Krisenregion widerspiegelten, versuchte mit letzter Kraft und einem Lächeln, das so zerbrechlich wirkte wie eine Eisschicht im späten Frühling, das offizielle Programm aufrechtzuerhalten. „Wir wollen nun gemeinsam die belastenden Energien des Vormittags transformieren und uns wieder mit der heilenden, erdenden Kraft von Mutter Natur verbinden", verkündete sie mit einer Stimme, die klang, als hätte sie eine Überdosis Baldriantropfen mit Zirbenschnaps heruntergespült.

Erna schloss sich der Gruppe der Retreat-Teilnehmer an. Die meisten wirkten immer noch sichtlich mitgenommen, ihre Gesichter spiegelten eine Mischung aus Schock, Misstrauen und der verzweifelten Hoffnung wider, dass dieser Albtraum bald ein Ende haben möge. Erna nahm vordergründig teil, um Walders Anweisungen Genüge zu tun – „Ich bin ja jetzt ein ganz normaler, tiefenentspannter, erholungssuchender Gast, Herr Direktor, der sich voll und ganz der Natur und seinen Chakren hingibt!", hatte sie ihm mit unschuldiger Miene versichert. Tatsächlich aber wollte sie die nonverbalen Reaktionen der Gruppe in einer weniger kontrollierten Umgebung studieren und hoffte auf eine Gelegenheit für ein unauffälliges Gespräch mit Dr. Eva Lindner, deren rationale Art ihr wie ein Leuchtturm in einem Meer aus esoterischem Nebel erschien.

Sie bemerkte Pascal, den jungen Hotelangestellten, der in diskretem Abstand hinter der Gruppe folgte, ein Körbchen mit „energetisiertem Quellwasser" und „handgepflückten, sonnengereiften Waldbeeren zur Stärkung des Pranaflusses" tragend. Er tat so, als würde er ebenfalls die Natur genießen, aber seine Blicke wanderten immer wieder nervös und pflichtbewusst zu Erna und den anderen Teilnehmern – Walders verlängerter Arm, zweifellos instruiert, jede „Disharmonie" umgehend zu melden.

Die Wanderung führte auf einem schmalen, von moosbewachsenen Wurzeln durchzogenen Pfad tiefer in den Bergwald hinein. Die Luft war kühl und roch nach feuchter Erde, Tannennadeln und dem harzigen Duft der Zirben. Sonnenstrahlen brachen nur spärlich durch das dichte Blätterdach und malten flüchtige Muster auf den Waldboden. Es war eine malerische, aber an diesem Tag auch leicht düstere und unheilvoll wirkende Kulisse.

Sarah Fuchs, die mit geschlossenen Augen und einem entrückten Lächeln voranschritt, gab ständig leise, aber eindringliche Anweisungen: „Spürt die unendliche Energie des Waldes in eurem Wurzelchakra, lasst sie durch eure Fußsohlen aufsteigen!", „Atmet das reine Prana der kristallklaren Bergluft tief ein, lasst es bis in eure Zehenspitzen und euer drittes Auge fließen!", „Umarme deine innere Tanne, spüre ihre zeitlose Weisheit, ihre unerschütterliche Kraft und ihre tiefe, nährende Verwurzelung im pulsierenden Herzen von Mutter Gaia!"

Meine innere Tanne hat gerade einen akuten Harzfluss, leidet unter massivem Borkenkäferbefall und möchte dringend ihre Ruhe vor diesem esoterischen Geschwafel und der permanenten Wurzelchakra-Gymnastik, dachte Erna bissig, während sie versuchte, nicht über eine besonders tückische Wurzel zu stolpern, die Sarah Fuchs in ihrer „achtsamen Versenkung und dem Einssein mit dem allwissenden Waldgeist" offenbar übersehen hatte. *Und mein Wurzelchakra signalisiert primär akuten Kaffeedurst und eine* beginnende, aber heftige Allergie gegen das Wort 'Prana', das klingt wie ein schlecht gealterter Science-Fiction-Held aus einem Groschenroman für unterbelichtete Weltraum-Hippies.

Sie nutzte das erzwungene Schweigen, um die anderen Teilnehmer noch genauer zu beobachten. Lars Vogt trottete apathisch und mit gesenktem Kopf wie ein geprügelter Hund mit, sein Gesicht eine Maske des Leidens und der tiefen, inneren Qual; er zuckte bei jedem lauten Vogelruf zusammen, als wäre es ein Pistolenschuss, und schien jeden Moment in sich zusammenfallen zu wollen. Lena Larcher, die als eine der wenigen noch eine gewisse eiskalte Fassung und ihre teure Designer-Sportbekleidung bewahrte, nutzte die Wanderung für eine Art aggressives „Power-Walking" und setzte sich immer wieder mit schnellen, federnden Schritten leicht von der Gruppe ab, als wolle sie dem „langsamen Elend" und der emotionalen Inkontinenz der anderen entfliehen. Einmal sah Erna, wie Lena hinter einer Biegung des Weges, als sie sich unbeobachtet wähnte, kurz ihr Smartphone zückte und eilig und mit gedämpfter, aber hörbar wütender und zischender Stimme mit jemandem telefonierte: „...das kannst du nicht machen! Das lasse ich mir nicht bieten! Du wirst noch von mir hören, und zwar nicht zu knapp! Das ist mein Deal, verstanden?!" Bevor Erna und Dr. Lindner, die sich etwas zurückfallen gelassen hatten, näherkommen konnten, hatte Lena das Handy ebenso schnell wieder in ihrer Jackentasche verschwinden lassen und setzte ihren Weg mit unbewegter Miene fort. Verdächtig, sehr verdächtig. Mit wem hatte sie da so wütend gesprochen? Und um welchen „Deal" ging es?

Hannes Hofer schwitzte trotz der kühlen Waldluft stark und blickte sich bei jedem knackenden Ast und jedem raschelnden Blatt nervös und mit weit aufgerissenen Augen um, als erwarte er, von einem unsichtbaren Feind aus dem Unterholz attackiert zu

werden oder als hätte er selbst irgendwo im Wald eine Leiche vergraben, die nun von Wildschweinen ausgegraben werden könnte.
Konrad König ging mit stoischer, fast schon gelangweilter Miene
und den Händen tief in den Taschen seiner eleganten Funktions-
jacke dahin, den Blick auf die fernen Gipfel gerichtet, als würde er
eine wissenschaftliche Studie über das seltsame Verhalten von
Esoterik-Anhängern im Angesicht von Tod, Verderben und unzu-
reichender WLAN-Abdeckung durchführen oder die optimale Flug-
bahn eines menschlichen Körpers von der Dachterrasse des Hotelturms berechnen. Sabrina Steiner, die junge Food-Bloggerin,
versuchte tapfer, bei den Achtsamkeitsübungen mitzumachen,
aber ihre Schultern zuckten immer wieder von unterdrücktem
Schluchzen, wenn sie an Janos Demütigungen und ihre geplatzte
Butter-Kooperation dachte. Karl Berger, der Bauer, hielt sich demonstrativ am Ende der Gruppe und murmelte Unverständliches
über „neumodisches Stadtgsindl", „unnötigen Zirkus" und „Leut',
die zu viel Zeit und zu viel Geld haben" vor sich hin.

Silvia Fröhlich, die junge Lehrerin, die bisher versucht hatte,
mit ihren astrologischen Deutungen und positiven Affirmationen
eine Art spirituellen Gegenpol zu dem Grauen und der wachsenden
Paranoia zu bilden, wirkte heute besonders blass und zerbrechlich.
Ihre sonst so leuchtenden Augen waren von tiefen Schatten umgeben, und sie schien sich kaum auf den Beinen halten zu können.

Als Sarah die Gruppe an einer besonders mystisch anmutenden
Stelle mit einem kleinen, von Farnen umrankten Wasserfall, der
leise in ein moosbewachsenes Becken plätscherte, anwies, einen
„persönlichen Kraftstein am Ufer zu finden, dessen heilende Energie aufzunehmen und ihm in stiller Zwiesprache die eigenen Sorgen, Ängste und vielleicht auch noch unentdeckte Schuldgefühle
und karmische Verstrickungen anzuvertrauen", klinkte Erna sich
geschickt mit Dr. Eva Lindner von der Gruppe ab. Sie taten so, als

würden sie einen besonders seltenen und interessant gefärbten Pilz am Wegesrand studieren, der verdächtig nach einem gewöhnlichen, wenn auch leicht angeschimmelten und vermutlich giftigen Fliegenpilz aussah.

Abseits der anderen, während diese mehr oder weniger enthusiastisch nasse, glitschige Steine umklammerten oder mit geschlossenen Augen ins rauschende Wasser starrten – Hannes Hofer presste sich an eine feuchte Felswand, als wolle er mit ihr verschmelzen und für immer unsichtbar werden; Konrad König betrachtete einen Kiesel mit der kühlen Miene eines Juweliers, der einen wertlosen Glasbrocken für eine Expertise vorgelegt bekommt und ihn mit einem verächtlichen Schnauben wieder fallen lässt – begann Dr. Lindner leise zu sprechen.

„Ein... durchaus belebender Spaziergang, nicht wahr, Frau Gruber?", sagte sie mit einem feinen Lächeln, das andeutete, dass sie Ernas innere Monologe zu Sarahs Anleitungen und den „heilenden Steinen, die einem die Sorgen abnehmen" fast hören konnte.

„Die Luft ist jedenfalls besser als im Hotel und frei von Zirben-Aromen", erwiderte Erna trocken, aber mit einem Anflug von echter Zustimmung. „Und die Bewegung tut den alten Knochen erstaunlich gut, das muss ich widerwillig zugeben. Auch wenn ich das dringende Gefühl habe, dass meine innere Tanne gerade eine Motorsäge bestellt hat, um dem ganzen esoterischen Wurzelchakra-Zirkus hier ein Ende zu bereiten."

Dr. Lindner lachte leise, ein angenehmes, unaufgeregtes Geräusch. „Die Natur hat eine erstaunliche und wissenschaftlich vielfach belegte Wirkung auf unser Wohlbefinden, Frau Gruber", pflichtete sie ihr mit ihrer ruhigen, sachlichen Stimme bei. „Studien belegen ja eindeutig, dass schon kurze Aufenthalte im Wald den Stresspegel signifikant senken, den Blutdruck regulieren und die Stimmung heben können. Das bewusste Wahrnehmen der Umgebung, das tiefe Atmen – das sind einfache, aber sehr effektive Mechanismen, die unser vegetatives Nervensystem beruhigen.

Ganz ohne esoterische Verbrämung oder die Notwendigkeit, Bäume zu umarmen, es sei denn, man hat ein besonderes Faible dafür oder fühlt sich gerade sehr einsam."

Erna hörte aufmerksam zu. Das klang vernünftig, wissenschaftlich fundiert. Es hatte nichts mit Chakren-Reinigung, Aura-Politur oder dem Aufladen von Kraftsteinen zu tun. „Sie scheinen sich mit der Materie ja wirklich ernsthaft und wissenschaftlich auseinanderzusetzen, Frau Doktor", sagte Erna anerkennend. „Nicht nur so oberflächlich und profitorientiert wie manche andere hier, die einem das Blaue vom Himmel versprechen und dafür die Kreditkarte plündern."

Dr. Lindner lächelte. „Es ist Teil meines Fachgebiets als Allgemeinmedizinerin mit Spezialisierung auf Psychosomatik. Die Verbindung von Körper und Psyche ist faszinierend. Und wie äußere Einflüsse, aber auch unsere inneren Haltungen und Denkmuster unser Befinden steuern." Sie blickte in Richtung Hannes Hofer, der immer noch wie erstarrt an der Felswand klebte. „Apropos Belastungen und innere Haltungen. Ist Ihnen die extreme, fast schon panische Nervosität von Herrn Hofer aufgefallen? Er wirkt, als würde er jeden Moment mit einem Angriff oder einer Enthüllung rechnen. Seine Stressreaktion ist signifikant und passt nicht zu einer normalen Trauerbewältigung oder bloßer Anspannung."

„Das ist mir auch nicht entgangen", bestätigte Erna. „Oder Herr König, der zwar äußerlich die unerschütterliche Ruhe selbst zu sein scheint, aber seine Kiefermuskulatur ist permanent angespannt, und er reibt unbewusst immer wieder seine Handknöchel aneinander, als würde er sich auf einen Kampf vorbereiten. Das sind oft Zeichen für stark unterdrückte Aggressionen oder erhebliche innere Konflikte, die er meisterhaft zu überspielen versucht."

„Präzise beobachtet, Frau Gruber", sagte Dr. Lindner anerkennend. „Ihre kriminalistische Schulung und Ihre Menschenkenntnis scheinen auch im Ruhestand nicht zu ruhen. Sie haben einen untrüglichen Blick für Dissonanzen im menschlichen Verhalten und die feinen Risse in der Fassade."

Erna nutzte die Gelegenheit, als Pascal gerade außer Hörweite war und so tat, als würde er mit großer Hingabe die Struktur eines Tannenzapfens studieren und dabei unauffällig in ihre Richtung linsen. „Was halten Sie von Lars Vogt, rein psychologisch betrachtet, Frau Doktor? Nach seinen emotionalen Ausbrüchen gestern in der Yoga-Stunde und heute Morgen beim Frühstück… und seinem generellen Zustand… er wirkt auf mich wie ein Pulverfass, das kurz vor der Explosion steht."

Dr. Lindner wog ihre Worte sorgfältig ab, ihr Blick wurde ernster. „Ohne eine eingehende Diagnose stellen zu können, Frau Gruber, und rein auf Basis meiner Beobachtungen und Ihrer Schilderungen, zeigt Herr Vogt deutliche Anzeichen einer akuten Belastungsreaktion mit depressiven und möglicherweise auch paranoiden oder gar dissoziativen Einsprengseln, vermutlich auf dem Boden einer bereits bestehenden vulnerablen Persönlichkeitsstruktur mit tiefen narzisstischen Kränkungen und einem brüchigen Selbstwertgefühl. Personen in einem solchen Zustand können unter weiterem, massivem Druck – und der ist hier ja unbestreitbar vorhanden – durchaus zu irrationalen, unkontrollierten oder sogar aggressiv-destruktiven Handlungen neigen. Die Fähigkeit zur rationalen Selbststeuerung und zur Impulskontrolle kann da erheblich eingeschränkt sein. Er wirkt wie jemand, der kurz vor dem Zerbrechen steht, und dessen Realitätswahrnehmung stark getrübt sein könnte. Eine tickende Zeitbombe, wenn Sie so wollen, die bei der geringsten weiteren Provokation oder Bedrohung hochgehen kann."

Das war eine klare Ansage, die Ernas schlimmste Befürchtungen bezüglich Lars Vogts mentaler Stabilität bestätigte. Es passte exakt zu ihrer Theorie einer Tat im Affekt, die vielleicht als „Denkzettel" geplant war und dann auf tragische Weise eskaliert war. Lars Vogt, in die Enge getrieben, gedemütigt, erpresst – und dann die Panikreaktion, die ihn zum Mörder machte.

„Das ist eine sehr... aufschlussreiche und beunruhigende Einschätzung, Frau Doktor", sagte Erna nachdenklich. „Das hilft mir, einige Dinge besser einzuordnen."

In diesem Moment kam Silvia Fröhlich, die junge Lehrerin, mit tränenüberströmtem Gesicht und zitternden Schultern zu ihnen. Ihre sonst so sorgfältig aufgetragene Schminke war verschmiert, ihr bunter Rock an einer Stelle eingerissen. „Ich... ich kann nicht mehr", schluchzte sie und klammerte sich an Dr. Lindners Arm. „Diese ganze Atmosphäre... Janos Tod... diese schrecklichen Spannungen untereinander... die Angst... ich halte das nicht mehr aus. Dieses Retreat sollte Erholung und Inspiration bringen, aber es ist ein Albtraum geworden! Ich werde heute Abend noch abreisen. Ich muss hier weg!"

Dr. Lindner legte ihr beruhigend eine Hand auf die Schulter. „Das ist verständlich, Frau Fröhlich. Sorgen Sie gut für sich und tun Sie, was Ihnen guttut."

Erna beobachtete die Szene. Silvias Reaktion war authentisch und nachvollziehbar. Sie war offensichtlich keine Täterin, sondern ein weiteres Opfer der vergifteten Atmosphäre, die Jano Goldmann hinterlassen hatte und die nun durch seine Ermordung noch unerträglicher geworden war.

Als Sarah Fuchs die sichtlich demoralisierte Gruppe wieder mit sanfter, aber brüchiger Stimme zusammenrief, um den „achtsamen Rückweg zum Hotel anzutreten und die gesammelten Natur-Energien und die Weisheit der Bäume in den Abend mitzunehmen", fühlte sich Erna trotz der angespannten Lage und der drohenden Beobachtung erstaunlich erfrischt und klar im Kopf. Der Spaziergang und das rationale, unaufgeregte Gespräch mit Dr. Lindner hatten ihr neue Denkanstöße und eine unerwartete Bestätigung für die Nützlichkeit einfacher Achtsamkeitstechniken gegeben – zumindest für die Konzentration und die Nerven. Sie beschloss, Dr. Lindner weiterhin als eine Art rationalen Anker in diesem Meer aus Esoterik, Emotionen und potenziellen Mordmotiven zu betrachten. Und sie nahm sich fest vor, diese simple Atemübung von heute Morgen bei Gelegenheit noch einmal ganz bewusst auszuprobieren. Rein aus wissenschaftlichem Interesse, versteht sich. Und um für die nächsten Konfrontationen und Walders unvermeidliche Schikanen gewappnet zu sein. Der Fall war noch lange nicht ausgestanden.

Workshop „Schattenseiten" – Lars Vogts Beinahe-Kollaps & Walders Ultimatum

Tag 3, Später Nachmittag (ca. 16:30)

Der letzte offizielle Programmpunkt dieses aufreibenden dritten Tages war ein Workshop mit dem verheißungsvollen, aber für Erna eher bedrohlich klingenden Titel: „Masken fallen lassen – Begegnung mit dem wahren Selbst zur transformativen Heilung und Auflösung karmischer Blockaden". Geleitet wurde er von einer Sarah Fuchs, die aussah, als hätte sie die letzten 48 Stunden ausschließlich mit dem Verzehr von Baldriantropfen, dem Hören von Walgesängen und dem Rezitieren von Durchhalteparolen aus einem Esoterik-Kalender verbracht. Ihr Lächeln war ein fragiles Konstrukt aus Professionalität und purer Verzweiflung, das jeden Moment zu zerbrechen drohte.

Erna nahm teil, nicht weil sie an eine „transformative Heilung" durch Gruppengespräche im Zirbenduft glaubte, sondern weil sie wusste, dass Menschen unter Anspannung und in solch einer emotional aufgeladenen Atmosphäre oft mehr preisgaben, als ihnen lieb war. Es war eine weitere, vielleicht letzte Gelegenheit, ihre Verdächtigen zu studieren, ihre Reaktionen zu analysieren, ihre sorgsam gepflegten „Masken" – um im Jargon des Retreats zu bleiben – auf Risse und Sprünge zu untersuchen. Sie war sich bewusst, dass Direktor Walder sie nach dem „Gespräch" beim Mittagessen besonders argwöhnisch beobachtete, und setzte sich betont unauffällig an den Rand des Stuhlkreises, den Sarah im Seminarraum „Lichtnelke" hatte aufbauen lassen. Der Raum war in sanftes, indirektes Licht getaucht, und aus unsichtbaren Lautsprechern waberte eine Melodie, die klang, als würden Wale versuchen, gregorianische Gesänge zu interpretieren, während sie gleichzeitig von Delfinen mit Klangschalen begleitet wurden. *Wenn das mal keine karmische Blockade im Gehörgang verursacht,* dachte Erna und versuchte, das Gedudel zu ignorieren.

„Wir alle tragen Masken im Alltag, meine Lieben", begann Sarah mit einer Stimme, die vor unterdrückter Anstrengung zitterte, aber bemüht war, beruhigend und weise zu klingen. „Masken, die uns vermeintlich schützen, die uns helfen, den Anforderungen der schnelllebigen, oft so unachtsamen Welt da draußen zu genügen. Aber manchmal, besonders in Zeiten der Krise, des Umbruchs und der tiefen seelischen Erschütterung, hindern uns diese Masken daran, unser wahres, authentisches Selbst zu leben, unsere tiefsten Wunden zu heilen und unsere Seele singen zu lassen." Sie forderte die Teilnehmer auf, reihum von einer „Maske" zu erzählen, die sie oft trugen, oder von einer „Herausforderung im Kontext der aktuellen, sehr belastenden Ereignisse, die sie an ihre inneren Grenzen brachte".

Die ersten Beiträge waren, wie Erna erwartet hatte, eine Mischung aus Betroffenheitslyrik, vagen Andeutungen und dem ungeschickten Versuch, besonders spirituell und reflektiert zu wirken. Sabrina Steiner sprach mit tränenerstickter Stimme davon, dass ihre „fröhliche Food-Blogger-Maske der unbeschwerten Genussbotschafterin" durch Janos brutale Demütigungen und seinen schrecklichen Tod tiefe Risse bekommen habe und sie sich nun „nackt, verletzlich und ohne Appetit" fühle. Silvia Fröhlich, die Lehrerin, die sichtlich mitgenommen war und immer wieder verstohlen auf ihre Uhr blickte, als zähle sie die Minuten bis zu ihrer geplanten Abreise, erklärte mit brüchiger Stimme, ihre „Maske der rationalen, allwissenden Pädagogin" würde oft ihre „tief empfundene spirituelle Sensibilität und ihre astrologischen Ahnungen" verdecken, und sie spüre nun „die schweren karmischen Verstrickungen und die dunklen Schattenenergien, die diesen Ort belasten und nach Auflösung schreien".

Als Hannes Hofer an der Reihe war, begannen seine Hände unkontrolliert zu zittern, und er starrte auf den Boden. „Meine Maske?", stieß er hervor, und Schweißperlen glänzten auf seiner Stirn, obwohl der Raum angenehm temperiert war. „Ist die vom starken, unbesiegbaren Typen, der immer alles im Griff hat und dem keiner was kann. Aber dahinter... dahinter ist nur noch die nackte Angst vor dem totalen Ruin, vor dem endgültigen Versagen, davor, dass alte Fehler und Dummheiten mich einholen könnten." Er brach ab, das Gesicht von Tränen überströmt. „Jano wusste das. Er wusste, dass ich am Ende bin, und er hat es genossen, mich immer tiefer reinzureiten und mich vor allen lächerlich zu machen!"

Lena Larcher sprach mit ihrer gewohnt kühlen Präzision und ohne eine Miene zu verziehen von der „Maske der unantastbaren Fitness-Queen, die immer hundertzehn Prozent gibt und niemals Schwäche zeigt". „Die Leute erwarten Perfektion. Keine Fehler. Kein Zögern. Jano hat versucht, diese Maske zu zerreißen, indem er meine Professionalität, meinen Erfolg und meine harte Arbeit in den Dreck gezogen hat. Er wollte mich verletzlich und besiegt sehen, weil er meinen Erfolg nicht ertragen konnte." Kein Wort von Trauer um Jano, nur eiskalte Analyse und tief verletzter Stolz.

Sarah Fuchs selbst sprach mit brüchiger Stimme von „enormem beruflichen Druck", der „Angst vor dem Scheitern" und dem Gefühl, „den Erwartungen nicht genügen zu können", was Erna an das belauschte Telefonat mit dem ungeduldigen Investor erinnerte.

Konrad König schwieg zunächst und beobachtete die emotionalen Ausbrüche der anderen mit einem Ausdruck, der irgendwo zwischen wissenschaftlichem Interesse und gelangweilter Verachtung lag. Als Sarah ihn schließlich direkt ansprach, hob er langsam den Kopf und sagte mit seiner typisch zynischen Präzision: „Masken, meine liebe Frau Fuchs? Wir sind doch alle hier im Raum nichts als wandelnde Masken, die mehr oder weniger erfolgreich vorgeben, eine kohärente Persönlichkeit zu besitzen und ein sinnvolles Leben zu führen. Jano Goldmann war darin nur ehrlicher und transparenter als die meisten von uns. Seine Maske war die des skrupellosen, narzisstischen Arschlochs, und die trug er mit bemerkenswerter Konsequenz und ohne jede erkennbare Scham bis zu seinem... nun ja, bis zu seinem bedauerlichen und unerwarteten Abgang von der Bühne des Lebens." Seine Worte waren wie eiskalte Nadelstiche in der ohnehin schon angespannten und emotional aufgeladenen Atmosphäre.

Dann kam Lars Vogt an die Reihe. Er saß schon die ganze Zeit wie ein Häufchen Elend da, bleich, mit eingefallenen Schultern und zuckenden Augenlidern. Als Sarah Fuchs ihn sanft aufforderte, etwas zu sagen, blickte er mit weit aufgerissenen, fiebrig glänzenden Augen in die Runde, sein Atem ging stoßweise, und er schien kurz vor einem Kollaps zu stehen.

„Ich...", begann er, seine Stimme ein kaum hörbares Krächzen, das im Raum zu verhallen schien, als würde es von den Zirbenwänden verschluckt. „Ich... ich kann nicht mehr... diese Maske... sie erdrückt mich... ich ersticke darunter." Tränen begannen unkontrolliert über seine hageren Wangen zu rinnen, und sein ganzer Körper bebte. „Er... Jano... dieser Teufel... er hat mich erpresst... meine ganze Existenz... alles, was ich mir so mühsam aufgebaut habe, diese kleine, armselige Fassade eines spirituellen Lehrers, eines Heilers... er wollte alles, alles kaputt machen! Mich vernichten!" Er rang nach Luft, seine Finger krallten sich in das Meditationskissen. „Meine verfluchte Würstel-Timo-Vergangenheit... die gestohlenen Kursinhalte, von denen er wusste und mit denen er seinen eigenen Erfolg aufgebaut hat... er hat gedroht, es jedem hier zu erzählen, mich vor allen als Betrüger und Versager bloßzustellen! Ich wollte doch nur, dass er aufhört! Dass er mich endlich in Ruhe lässt! Dass dieser Albtraum ein Ende hat!" Seine Stimme überschlug sich fast, wurde zu einem heiseren Flüstern, das aber im totenstillen Raum jeder verstehen konnte. „Ich wollte ihm doch nur... nur einen Denkzettel verpassen... ihm zeigen, dass er nicht alles mit mir machen kann... dass es Grenzen gibt! Es sollte doch nur ein... ein kleiner Ausrutscher sein, eine verdammte Blamage für ihn vor seinen Millionen Followern!" Er verbarg das Gesicht in seinen zitternden Händen und begann, hemmungslos zu schluchzen. Als er die Hände vors Gesicht presste, wurde für einen Moment sein Handgelenk frei, und Erna erkannte nun zweifelsfrei das schlecht gestochene Skorpion-Tattoo wieder.

Ein betretenes, fast schon erschrockenes Schweigen füllte den Raum. Sarah Fuchs wirkte völlig überfordert und starrte Lars mit offenem Mund an, unfähig, ein Wort hervorzubringen. Lena Larcher blickte irritiert und fast schon angewidert auf den zusammengebrochenen Mann. Hannes Hofer starrte nervös zu Boden, als fürchte er, als Nächster die Fassung zu verlieren. Konrad König beobachtete Lars mit unbewegter, fast schon sezierender Miene, als wäre er Zeuge eines besonders interessanten psychologischen Experiments. Dr. Lindner machte sich unauffällig eine Notiz in ihrem kleinen Block, ihr Gesichtsausdruck war ernst und nachdenklich. Silvia Fröhlich, die Lehrerin, begann leise zu weinen und flüsterte etwas von „schrecklichen, dunklen Energien, die sich hier entladen".

Erna spürte eine Mischung aus professioneller Genugtuung – das war zwar kein gerichtsfestes Geständnis, aber ein extrem starkes Indiz für Lars Vogts Täterschaft und seine Motivation – und einem unerwarteten Anflug von Mitleid. Dieser Lars Vogt war kein eiskalter Killer. Er war ein Getriebener, ein Verzweifelter, der offenbar in einer Panikreaktion gehandelt oder zumindest eine Handlung geplant hatte, die furchtbar eskaliert war. Die Details des Tathergangs fehlten noch, aber das Motiv und die emotionale Verfassung des potenziellen Täters zeichneten sich immer klarer ab.

Genau in diesem Moment der höchsten Anspannung und Lars Vogts Beinahe-Geständnis, das für erhebliche Unruhe und aufgeregtes Gemurmel im Raum sorgte, flog die Tür zum Seminarraum

„Lichtnelke" auf und Hoteldirektor Jakob Walder stand im Rahmen, sein Gesicht rot vor Zorn und kaum unterdrückter Panik. „Was um alles in der Welt geht hier vor sich?!", donnerte er in den Raum, seine Stimme zitterte vor unterdrückter Wut. Er hatte offenbar die aufgeregten Stimmen oder den Tumult, der bis auf den Flur gedrungen war, gehört, oder einer seiner eifrigen Spitzel hatte ihn umgehend alarmiert. Sein Blick fiel auf Erna, die Lars Vogt mit ungeteilter, fast schon lauernder Aufmerksamkeit beobachtete. „Sie schon wieder, Frau Gruber!", zischte er und kam mit schnellen, energischen Schritten auf sie zu. Er ignorierte den immer noch schluchzenden Lars und die geschockte Gruppe vollkommen. „Ich hatte Sie doch heute Mittag unmissverständlich gewarnt!" Er packte Erna unsanft am Oberarm, sein Griff war überraschend fest. „Das reicht jetzt endgültig! Ich habe genug von Ihren Störungen und Ihrer unerträglichen, penetranten Neugier! Entweder Sie verhalten sich ab sofort wie ein normaler, unauffälliger Gast, der die Harmonie dieses Hauses respektiert und seine Nase nicht in Dinge steckt, die ihn absolut nichts, aber auch gar nichts angehen, oder Sie packen sofort Ihre Koffer und verlassen das 'Alpen-Zen' auf der Stelle! Ich kann und werde keine pensionierte Amateurdetektivin dulden, die mein Hotel in ein Tollhaus verwandelt, meine zahlenden Gäste verängstigt und aufwiegelt und meinen hart erarbeiteten Ruf mit Füßen tritt! Haben Sie mich verstanden? Das ist mein allerletztes Wort!" Sein Griff wurde fester, seine Stimme zitterte vor kaum beherrschter Wut.

Ernas Blick war eiskalt. Das Ultimatum war nun nicht mehr nur eine Drohung, es war eine Tatsache. Die Zeit für offene Konfrontationen und halbwegs entspannte Beobachtungen war endgültig vorbei.

Nächtliche Beweismittel-Entsorgung

Tag 3, Nacht (ca. 22:30)

An Schlaf war für Erna nach dem Eklat im Workshop und Direktor Walders unmissverständlichem Ultimatum erst recht nicht zu denken. Ihr Adrenalinspiegel war auf dem Niveau eines Wettkampfathleten, und ihr Gehirn arbeitete auf Hochtouren. Sie saß im Dunkeln an ihrem Zimmerfenster, das einen schrägen Blick auf den spärlich beleuchteten Wirtschaftshof des Hotels bot, und starrte hinaus in die stille Nacht. Die meisten Lichter im „Alpen-Zen" waren gelöscht, nur eine einzelne Sicherheitslampe warf fahle Schatten auf die Müllcontainer und Lieferanteneingänge.

Kurz vor Mitternacht bemerkte Erna eine Bewegung. Eine Gestalt, gehüllt in einen dunklen Kapuzenpulli, huschte aus einem der Seiteneingänge, die zum Spa-Bereich oder zu den Personalräumen führten. Die Person bewegte sich verstohlen, blickte sich immer wieder nervös um, als fürchte sie, beobachtet zu werden. Obwohl die Entfernung und die schlechte Beleuchtung eine hundertprozentige Identifizierung unmöglich machten, war Erna sich aufgrund der Statur, der fahrigen, fast schon panischen Bewegungen und Lars Vogts emotionalem Zusammenbruch am Nachmittag ziemlich sicher: Das musste er sein. Die Gestalt trat eilig an eine der kleineren Restmülltonnen, die etwas abseits standen, öffnete den Deckel, warf etwas Kleines, Dunkles hinein – es sah aus wie ein Fläschchen oder eine kleine Dose – und stopfte dann einen Lappen oder ein Stück Stoff hinterher. Dann schloss sie den Deckel mit einem leisen Klicken, sah sich noch einmal um und verschwand ebenso schnell und lautlos wieder im Inneren des Hotels.

„Bingo", murmelte Erna leise, ihr Herz machte einen kleinen Hüpfer. Das war zu verdächtig, um Zufall zu sein. Das war die Entsorgung von Beweismitteln. Trotz Walders Drohung und des enormen Risikos, erwischt zu werden, wusste sie, dass sie sofort nachsehen musste. Das konnte der entscheidende Beweis sein, der ihre Theorie untermauerte.

Sie zog sich leise ihre dunkle Strickjacke über, griff nach ihrer kleinen, aber lichtstarken Taschenlampe und schlüpfte so unauffällig wie eine Katze aus ihrem Zimmer. Die Gänge des Hotels lagen still und verlassen da, nur das leise Summen irgendeiner Lüftungsanlage war zu hören, das in dieser Stille fast schon bedrohlich klang. Sie mied den Aufzug und nahm die knarrende Service-Treppe, die sie am Vortag entdeckt hatte und die direkt in die Nähe des Wirtschaftshofs führte, jeder Schritt bedacht, um kein unnötiges Geräusch zu verursachen.

Als sie sich gerade dem schwach beleuchteten Servicegang näherte, der zum Wirtschaftshof führte, traf sie auf eine unerwartete Person, die ebenso leise unterwegs war: Dr. Eva Lindner, einen kleinen Arztkoffer in der Hand. Die Ärztin wirkte müde, aber wach und aufmerksam.

„Frau Gruber?", flüsterte Dr. Lindner überrascht, als sie Erna im Halbdunkel erkannte. „Was machen Sie denn um diese Zeit hier?"

„Ich könnte Sie dasselbe fragen, Frau Doktor", erwiderte Erna ebenso leise und deutete auf den Arztkoffer.

„Ich wurde zu einem Gast gerufen. Keine Sorge, nichts Ernstes. Jemand klagte über starkes Unwohlsein, vermutlich nur der Stress oder eine Unverträglichkeit. Aber man muss ja nach dem Rechten sehen." Ihre Erklärung war direkt und professionell.

„Verstehe", sagte Erna, froh über die unerwartete Begegnung mit einer rationalen Person. „Diese Ereignisse... sie lassen einen einfach nicht los." Sie zögerte einen Moment, dann sagte sie: „Ich habe gerade jemanden im Wirtschaftshof an den Mülltonnen hantieren sehen. Eine Gestalt im Kapuzenpulli. Ist Ihnen vielleicht auf Ihrem Weg hierher jemand aufgefallen, der sich verdächtig verhalten hat?"

Dr. Lindner runzelte die Stirn und dachte einen Moment nach. „Jetzt, wo Sie es sagen... als ich vor etwa fünfzehn Minuten aus meinem Zimmer kam, um nach einem Gast zu sehen, der über Unwohlsein klagte, ist mir Herr Vogt auf dem Flur entgegengekommen. Er kam aus Richtung seines Zimmers und eilte sehr nervös und ohne mich anzusehen oder zu grüßen in Richtung des hinteren Ausgangs zum Wirtschaftshof. Er wirkte extrem nervös, fast schon wie ein gehetztes Tier, das versucht, seine Spuren zu verwischen. Ich habe mich noch gewundert, was er dort zu so später Stunde wohl wollte."

„Das bestärkt meinen Verdacht ganz erheblich", sagte Erna und nickte der Ärztin dankbar zu. Diese unabhängige Bestätigung von Lars Vogts Anwesenheit in der Nähe des Wirtschaftshofs war für Erna Gold wert. „Ich muss mir das genauer ansehen, was da entsorgt wurde. Würden Sie vielleicht einen Moment hier diskret Wache stehen und mich warnen, falls jemand kommt? Ich will nicht, dass Direktor Walder mich erwischt."

Dr. Lindner blickte Erna prüfend an, dann nickte sie entschlossen. „Verstanden, Frau Gruber. Seien Sie vorsichtig. Ich halte hier die Stellung."

Erna bewegte sich langsam in den dunklen Wirtschaftshof. Die Luft hier roch nach feuchtem Beton, den Resten des Abendessens und einer undefinierbaren Mischung aus Reinigungsmitteln – ein starker, fast schon brutaler Kontrast zum parfümierten und „energetisierten" Inneren des Hotels. Sie ging zielstrebig zu der Tonne, an der sie die Gestalt beobachtet hatte. Mit ihrer kleinen Taschenlampe leuchtete sie vorsichtig hinein, während sie mit einem mitgebrachten, sauberen Papiertaschentuch, das sie aus ihrer Jackentasche zog, vorsichtig den oberen Müll beiseiteschob.

Da! Ein ölverschmierter, dunkler Lappen, achtlos hineingeworfen. Und darunter, halb verdeckt von einer zerknüllten Papierserviette mit dem Logo des „Alpen-Zen", ein kleines, dunkles

Plastikfläschchen, wie sie oft für hochwertige ätherische Öle oder exklusive Kosmetika verwendet wurden. Erna zog es mit spitzen Fingern, geschützt durch das Taschentuch, heraus. Das Etikett war zwar teilweise abgerissen und verschmiert, aber sie konnte noch die geschwungenen Buchstaben „...pfelstürmer" und das stilisierte Bergpanorama-Logo des Hotel-Spas erkennen. Ein schwacher, aber unverkennbarer Duft von Zirbe, Latschenkiefer und etwas Minzigem stieg ihr in die Nase, als sie vorsichtig daran roch. Das „Gipfelstürmer"-Massageöl. Kein Zweifel möglich. Das war das Tatmittel.

Sie widerstand dem Impuls, das Fläschchen und den Lappen direkt an sich zu nehmen. Das wäre Spurenvernichtung ihrerseits gewesen, und sie hatte keine Befugnis dazu. Aber sie hatte gesehen, was sie sehen musste. Und sie wusste, dass Dr. Lindner ihre Anwesenheit hier und den Zustand der Tonne bezeugen konnte, falls es nötig werden sollte. Sie musste jetzt schnell handeln, bevor Direktor Walder Wind davon bekam oder die morgendliche Müllabfuhr alle Beweise verschwinden ließ. Ein leises Geräusch aus Richtung des Hotels ließ sie zusammenfahren – war das eine sich öffnende Tür? Hatte sie jemand beobachtet? Sie musste hier weg.

Zurück in ihrem Zimmer, das sich nun endgültig wie eine belagerte Kommandozentrale anfühlte, breitete Erna ihre mentalen Notizen aus. Das Bild war jetzt so gut wie vollständig und erdrückend. Lars Vogts emotionale Ausbrüche, seine Schuldandeutungen, die Beobachtungen von Bruni und Karl Berger, und nun der unwiderlegbare Fund im Müll, indirekt bestätigt durch Dr. Lindners Beobachtung von Lars' nächtlichem Gang. Das alles fügte sich zu einem schlüssigen und für Lars Vogt verheerenden Bild.

Sie brauchte jetzt nur noch Pascals vollständige Aussage, um Lars Vogt direkt mit der Manipulation am Tatort zu verbinden, und die Analyse von Janos Drohne als möglichen visuellen Beweis, um den Sack endgültig zuzumachen. Morgen früh würde sie handeln, und zwar schnell. Sie würde Pascal stellen und dann Lars Vogt konfrontieren. Und Inspektor Holzer, so dachte sie mit grimmiger Entschlossenheit, würde diesmal nicht so leicht davonkommen und ihr sehr genau zuhören müssen. Der Druck durch Direktor Walder war enorm, aber Erna Gruber ließ sich nicht so leicht ins Bockshorn jagen, wenn es um Gerechtigkeit und die Aufklärung eines Mordes ging. Sie atmete ein paar Mal tief und bewusst durch, so wie sie es bei Dr. Lindner und sogar, zu ihrer eigenen Überraschung, in der Meditation als hilfreich empfunden hatte. Sie musste ruhig bleiben, fokussiert. Der letzte Akt dieses Dramas im „Alpen-Zen" stand unmittelbar bevor.

V

Die Masken sind gefallen

Öl und Angst: Pascals Geständnis

Tag 4, Früher Morgen (ca. 05:45)

Noch bevor die ersten Sonnenstrahlen die schroffen Gipfel der Lienzer Dolomiten in ein zartrosa Licht tauchten und das „Alpen-Zen" zu einem neuen Tag voller aufgesetzter „achtsamer" Geschäftigkeit erwachte, war Erna Gruber bereits auf den Beinen. Sie hatte die wenigen verbleibenden, unruhigen Nachtstunden genutzt, um ihre Gedanken zu ordnen und einen präzisen Plan zu schmieden. Walders Ultimatum saß ihr wie ein eiskalter Schatten im Nacken, aber die Beobachtung von Lars Vogts nächtlicher Müllentsorgung und der Fund des „Gipfelstürmer"-Fläschchens hatten ihr die Gewissheit gegeben, dass sie kurz vor dem Ziel stand. Der nächste, absolut entscheidende Schritt war Pascals vollständige und unanfechtbare Aussage.

Sie wusste, dass der junge Hotelangestellte extrem früh Dienst hatte, um den luxuriösen Spa-Bereich für die ersten morgendlichen Anwendungen und die Ankunft der Frühschwimmer vorzubereiten. Sie passte ihn in einem schmalen, schlecht beleuchteten Servicegang ab, der zu den Lagerräumen im Kellergeschoss führte, gerade als er mit einem Stapel frischer, flauschiger Handtücher beladen aus einem dieser Räume kam. Der Geruch von ätherischen Ölen, Chlor und feuchten Handtüchern hing hier schwer und fast schon betäubend in der Luft.

„Guten Morgen, Pascal", sagte Erna leise, aber mit einer Bestimmtheit in der Stimme, die keinen Widerspruch duldete. Ihre Augen fixierten ihn. „Ich muss dringend und absolut ungestört mit Ihnen sprechen. Unter vier Augen. Jetzt sofort."

Pascal, der sie in der Düsternis des Ganges erst spät erkannt hatte, zuckte zusammen wie ein ertapptes Wild und ließ fast den Stapel Handtücher fallen. Sein Gesicht war fahl, die Augen von tiefen, dunklen Ringen unterlaufen. Er sah aus, als hätte er die

Nacht ebenfalls kein Auge zugetan – oder vor lauter Angst und Gewissensbissen nicht schlafen können.

„Frau Gruber? So... so früh? Ist etwas... ist etwas nicht in Ordnung?" Seine Stimme war kaum mehr als ein verängstigtes Flüstern.

„Das, Pascal, werden Sie mir gleich sagen", erwiderte Erna ruhig, aber unnachgiebig und deutete auf die Tür eines kleinen, fensterlosen Lagerraums, der mit Reinigungsmitteln und Ersatzteilen für die Wellness-Anlagen gefüllt war. „Gehen wir da rein. Es ist äußerst wichtig, und es darf uns unter gar keinen Umständen jemand hören oder sehen. Besonders nicht Herr Walder oder einer seiner neugierigen Angestellten."

In dem winzigen, vollgestopften Raum, der kaum Platz für zwei Personen bot und intensiv nach Chlor und Lavendel-Reiniger roch, kam Erna ohne Umschweife zur Sache. Sie wusste, dass sie nicht viel Zeit hatte.

„Pascal, ich weiß, dass Sie Todesängste ausstehen", begann sie mit einer ruhigen, fast mütterlichen Stimme, die jedoch einen unüberhörbaren Unterton von Autorität und Entschlossenheit besaß. „Aber ich weiß auch, dass Sie ein anständiger junger Mann sind und Ihr Gewissen Sie seit zwei Tagen quält. Es geht um Lars Vogt und um das, was Sie am Morgen von Jano Goldmanns Tod auf der Dachterrasse wirklich gesehen haben."

Pascal begann am ganzen Körper zu zittern, seine Augen weiteten sich vor Schreck und Verzweiflung. „Ich... ich habe nichts gesehen, Frau Gruber. Wirklich nicht. Und... und Herr Walder hat ausdrücklich gesagt, wir vom Personal sollen uns aus allem raushalten und mit niemandem darüber sprechen, schon gar nicht mit... mit Gästen, die Fragen stellen. Er hat gesagt, es war ein Unfall, und wer Unruhe stiftet, riskiert seinen Job!"

„Ich verstehe Ihre Angst um Ihren Arbeitsplatz, Pascal", sagte Erna, ihr Ton wurde eine Spur schärfer, aber nicht unfreundlich. „Aber es geht hier um mehr als nur einen Job. Es geht um einen Mord. Und Ihre Verschwiegenheit könnte Sie in eine sehr unangenehme Lage bringen. Lügen Sie mich nicht an, das bringt uns beide nicht weiter. Ich habe Lars Vogt letzte Nacht beobachtet, wie er eine kleine Flasche 'Gipfelstürmer'-Massageöl und einen verräterischen Lappen in der Mülltonne entsorgt hat. Dr. Lindner hat ebenfalls gesehen, wie er sich kurz zuvor extrem nervös in diese Richtung geschlichen hat."

Pascal starrte sie mit aufgerissenen Augen an, unfähig ein Wort hervorzubringen.

„Und Sie, Pascal", fuhr Erna unerbittlich fort, „Sie waren es, der ihm dieses Öl am Morgen des Tattages aus dem Lager gegeben hat, nicht wahr? Und Sie haben ihn später auf der Dachterrasse gesehen, wie damit hantiert hat. Direkt an der Absturzkante."

Der junge Mann schluckte schwer, Tränen stiegen ihm in die Augen. „Ich... ich durfte nichts sagen. Herr Vogt... er hat mir gedroht... dort oben... auf der Terrasse... ganz furchtbar..."

„Erzählen Sie es mir, Pascal", sagte Erna sanfter, aber bestimmt. „Erzählen Sie mir genau, was passiert ist. Von Anfang an. Sie müssen keine Angst mehr haben, weder vor Herrn Vogt noch vor Herrn Walder. Ich bin hier. Und die Wahrheit muss ans Licht."

Pascals Widerstand zerbrach. Er nickte stumm, dann begann er mit zitternder Stimme, die sich immer wieder überschlug, zu erzählen. „Ja... ja, es ist wahr." Er holte tief Luft. „An dem Morgen... als Herr Goldmann gestorben ist... da kam Herr Vogt sehr früh, noch vor dem offiziellen Dienstbeginn, ins Spa-Lager. Er wirkte extrem nervös, fahrig, seine Hände zitterten unkontrolliert. Er verlangte von mir eine Flasche von diesem 'Gipfelstürmer'-Massageöl und einen sauberen Lappen. Er sagte, er bräuchte es für eine... eine spezielle private Anwendung in seinem Zimmer, um sich vor Janos Auftritt zu beruhigen und zu zentrieren. Er hat ziemlich Druck gemacht, dass ich es ihm sofort gebe, und ich... ich hab's ihm gegeben, ich dachte mir ja nichts Böses dabei."

„Und dann?", drängte Erna sanft.

„Und dann... dann musste ich kurz darauf auf die Dachterrasse, um die Liegen für die ersten sonnenhungrigen Gäste vorzubereiten und nach dem Rechten zu sehen. Da hab ich ihn wiedergesehen. Herrn Vogt. Er stand an diesem Glasgeländer, genau da, wo Herr Goldmann später... Sie wissen schon." Pascal stockte, seine Stimme war kaum ein Flüstern. „Er hatte das Fläschchen mit dem 'Gipfelstürmer'-Öl und den Lappen in der Hand und... und hat das Öl auf die Oberkante vom Glas gerieben. Ganz hektisch und irgendwie... ungeschickt und fahrig, als hätte er panische Angst, dabei erwischt zu werden. Er hat sich immer wieder panisch umgesehen. Als er mich dann entdeckte, wie ich ihn von der Tür aus fassungslos beobachtete, ist er furchtbar zusammengezuckt und hat das Fläschchen und den Lappen blitzschnell in seiner Jackentasche verschwinden lassen. Dann ist er auf mich zugekommen, hat mich am Arm gepackt, ganz fest, und mich mit eiskalter Stimme angezischt: 'Du hast hier oben absolut nichts gesehen, hast du mich verstanden? Gar nichts! Wenn du auch nur ein einziges Wort darüber verlierst, bei irgendwem, dann sorge ich dafür, dass du nicht nur deinen Job hier im Hotel verlierst, sondern dass du deines Lebens nicht mehr froh wirst! Kapier das endlich, du kleiner Niemand!' Seine Augen... die waren eiskalt, Frau Gruber. Ich hatte Todesangst."

„Er hat das Öl also gezielt aufgetragen, Pascal? Und Sie dann direkt und massiv bedroht?", fragte Erna nach, um die Aussage zu festigen.

Pascal nickte unter Tränen, die nun hemmungslos liefen. „Ja. Es sah eindeutig so aus. Es war Absicht. Und seine Drohung... ich hatte solche Angst. Ich... ich hab mir zuerst nichts wirklich

Schlimmes dabei gedacht, nur dass er vielleicht spinnt oder Herrn Goldmann einen bösen Streich spielen will. Aber als Herr Goldmann dann gestürzt ist... und Sie von dem Öl gesprochen haben... und dann sein Zusammenbruch gestern... da hab ich gewusst, was wirklich los ist. Und dass ich vielleicht der Einzige bin, der ihn direkt dabei beobachtet hat." Er schluchzte. „Ich hatte solche panische Angst, etwas zu sagen. Und Herr Walder hat ja auch gesagt, wir sollen alle schweigen, es war ein Unfall, und wir sollen keine Gerüchte verbreiten... ich brauche doch meinen Job, Frau Gruber..."

Erna legte ihm beruhigend eine Hand auf die zitternde Schulter. „Sie haben jetzt das Richtige getan, Pascal. Es braucht sehr viel Mut, die Wahrheit zu sagen, besonders wenn man so massiv bedroht und von verschiedenen Seiten unter Druck gesetzt wurde." Sie hatte es geschafft. Sie hatte eine direkte, detaillierte Augenzeugenaussage, die Lars Vogt mit der Tatwaffe, der Manipulation am Tatort und einer massiven Zeugenbedrohung in Verbindung brachte.

„Werden Sie... werden Sie das jetzt der Polizei sagen?", fragte Pascal mit zitternder Stimme.

„Das werde ich, Pascal. Und ich werde dafür sorgen, dass Sie Ihre Aussage bei einer vertrauenswürdigen und fähigen Polizistin machen können, die Ihnen glaubt und Sie schützen wird." Sie dachte an Wachtmeisterin Eder. „Ihre Aussage ist entscheidend, um den Täter zu überführen. Sie haben heute sehr viel Mut bewiesen." Erna wusste, dass sie Inspektor Holzer nun mit Fakten konfrontieren konnte, die er nicht mehr ignorieren konnte. Aber zuerst brauchte sie noch das letzte i-Tüpfelchen: die Aufnahmen der abgestürzten Drohne.

Das letzte Puzzleteil

Tag 4, Morgen (ca. 08:00)

Mit Pascals detaillierter und erschütternder Aussage, die Lars Vogt schwer belastete, war für Erna klar, dass sie keine Sekunde verlieren durfte. Dieser Fall musste schnell zu einem Abschluss gebracht werden, bevor Direktor Walder seine Drohung wahr machen und sie vor die Tür setzen konnte. Aber um Lars Vogt endgültig zu überführen, besonders gegenüber einem widerwilligen Inspektor Holzer, brauchte sie mehr als die Aussage eines verängstigten Hotelangestellten, so glaubwürdig sie auch sein mochte. Sie brauchte den unbestechlichen, visuellen Beweis. Und der schlummerte, so hoffte sie inständig, auf der Speicherkarte von Jano Goldmanns abgestürzter Drohne.

Unverzüglich rief sie Wachtmeisterin Eder auf der privaten Nummer an, die diese ihr zugesteckt hatte. „Eder, hier Gruber. Ich habe Neuigkeiten. Sehr wichtige und sehr brisante Neuigkeiten." Kurz fasste sie Pascals Aussage zusammen, ohne dessen Namen vorerst zu nennen. „Die Drohne, Eder. Wir brauchen die Aufnahmen von Janos Drohne. Sie liegt immer noch auf dem Vordach der Suite 107, direkt unterhalb der Dachterrasse. Sie muss gesichert werden, und zwar sofort, bevor sie 'versehentlich' bei den angekündigten Reinigungsarbeiten vom Vordach fällt oder Herr Walder sie als 'störendes Element für das Feng Shui des Hotels' entfernen lässt."

Wachtmeisterin Eder klang am anderen Ende der Leitung beeindruckt und zugleich alarmiert. „Verstanden, Frau Gruber. Das ist... Ich kümmere mich darum. Pichler, unser Hausmeister hier im Ort, der auch für die technischen Anlagen im 'Alpen-Zen' zuständig ist, hat einen Generalschlüssel für Notfälle. Ich weise ihn an, die Drohne als 'offizielles Beweismittel im Rahmen der laufenden polizeilichen Untersuchung des Unfalls' – das ist die Legende für Holzer – umgehend zu bergen und Ihnen diskret und unauffällig zu übergeben. Sagen Sie einfach, es sei für meine Akten, falls jemand fragt. Holzer ist heute Vormittag sowieso bei einer wichtigen Bezirkskonferenz unabkömmlich und wird davon nichts mitbekommen."

„Sie sind ein Goldstück, Eder, ein wahrer Diamant unter Kieselsteinen", sagte Erna mit aufrichtiger Erleichterung. „Melden Sie sich, sobald Sie etwas haben."

Keine halbe Stunde später klopfte es leise an Ernas Zimmertür. Davor stand der mürrische, aber zuverlässige Hausmeister Pichler. Wortlos und mit der Miene eines Mannes, der schon alles erlebt hat und sich über nichts mehr wundert, überreichte er ihr ein sorgfältig verpacktes Plastiksackerl, in dem die traurigen Überreste der teuren Drohne klapperten. Das Gehäuse war an mehreren Stellen zerbrochen, ein Rotorarm war abgerissen, und das Ganze war vom nächtlichen Regen und dem Morgentau leicht feucht und schmutzig. Aber die kleine Micro-SD-Speicherkarte steckte, wie Erna mit klopfendem Herzen feststellte, noch in ihrem Slot.

Erna bedankte sich knapp und mit einem aufmunternden Lächeln. Pichler nickte nur stumm und verschwand wieder so lautlos, wie er gekommen war.

Eine nonverbale Geheim-Anwerbung

Tag 4, Morgen (ca. 09:00)

Die kleine Speicherkarte, die Erna der Drohne entnahm, wirkte äußerlich zerkratzt und feucht. Das sieht nicht gut aus, dachte Erna besorgt. Da braucht es schon ein kleines Wunder.

Ihr fiel der Junge ein, den sie in den letzten Tagen immer wieder in der Lobby des „Alpen-Zen" beobachtet hatte: Max Hafner. Ein anderer Hotelgast, vielleicht siebzehn Jahre alt, schätzte Erna, der stets mit einem auffällig flachen Laptop und riesigen, professionell aussehenden Kopfhörern in einer der bequemeren Ecken saß, wie im Hyperfokus auf seinen Bildschirm starrend, die Finger flogen in atemberaubender Geschwindigkeit über die Tastatur. Erna hatte ihn einmal kurz gefragt, ob er wisse, warum das Hotel-WLAN so unerträglich lahm sei und ob es vielleicht an ihrem alten Handy läge. Daraufhin hatte er ihr eine verblüffend kompetente, wenn auch für sie kaum verständliche technische Erklärung über Bandbreiten, überlastete Repeater, unzureichende Signalstärken und vermutlich hoffnungslos veraltete Router-Firmware geliefert, die selbst gestandene IT-Techniker ins Schwitzen gebracht hätte. Ein Nerd, wie er im Buche stand, aber offensichtlich einer mit erheblichem Sachverstand. Ein kleines Wunderkind der digitalen Welt.

Sie fasste einen Entschluss und machte sich auf den Weg in die Lobby. Sie musste Max kontaktieren, aber unauffällig. Direktor Walder stand, wie so oft in diesen Tagen, an der Rezeption, unterhielt sich angeregt mit Luna-Sophie, die ihm eifrig zunickte, warf aber immer wieder misstrauische, fast schon lauernde Blicke in die Lobby, als würde er nach ihr, Erna, Ausschau halten oder zumindest nach Anzeichen weiterer „Disharmonie". Erna ersann schnell einen Plan: Sie ging zum großen, gläsernen Zeitschriftenständer in der Nähe von Max' Lieblingsecke, tat so, als würde sie intensiv nach einem bestimmten, schwer zu findenden Magazin über alpine Flora suchen. Als sie nahe genug an Max vorbeikam, der wie üblich in die Tiefen seines Laptops versunken schien, ließ sie „versehentlich" ihren klobigen Zimmerschlüsselanhänger – ein massives Zirbenholz-Scheit mit der deutlich eingravierten Zimmerbezeichnung „Solarplexus 312" – direkt vor seinen Füßen fallen. Sie bückte sich mühsam, als würde ihr das Kreuz schwer zu schaffen machen, hob ihn auf und warf Max, der von seinem Bildschirm aufgeschaut hatte und sie neugierig musterte, einen kurzen, eindringlichen Blick zu. Dann deutete sie mit einem kaum merklichen Kopfnicken und einem vielsagenden Blick auf die Aufzüge und hielt unauffällig fünf Finger hoch. Fünf Minuten. Max, dessen wache Augen hinter einer modischen, randlosen Brille blitzten und der die angespannte Atmosphäre im Hotel und Ernas „besondere" Art, Fragen zu stellen und sich für seltsame Dinge zu interessieren, in den letzten Tagen sicher mitbekommen hatte, schien die nonverbale Botschaft zu verstehen. Ein kaum merkliches Nicken, ein kurzes Zucken der Mundwinkel, das ein Lächeln andeuten könnte, war seine Antwort. Erna ging betont langsam und scheinbar ziellos zu den Aufzügen, während sie spürte, wie Walders missbilligender Blick ihr wie ein Laserpointer im Nacken saß.

Fünf Minuten später klopfte es leise an ihrer Zimmertür. Es war Max, wie erhofft. „Sie haben mich gerufen, Frau Gruber?", fragte er mit einer Mischung aus jugendlicher Neugier und dem aufregenden Gefühl, Teil eines echten Geheimnisses zu sein. „Gab's wieder Probleme mit dem WLAN?"

„Herr Hafner, ich brauche dringend Ihre außergewöhnliche Hilfe", sagte Erna und zeigte ihm das Plastiksackerl mit der demolierten Drohne. „Es geht um diese Speicherkarte hier." Sie erklärte ihm in groben Zügen die Brisanz der Situation – natürlich ohne alle kriminalistischen Details preiszugeben. Sie betonte, wie wichtig es sei, die letzten Aufnahmen der Drohne des „verunfallten" Gastes zu sichern, um den Hergang möglicherweise besser verstehen zu können und um „haltlosen Spekulationen vorzubeugen, da die örtliche Polizei momentan sehr unterbesetzt und mit der komplexen Situation technisch überfordert" sei.

Max' Augen, die hinter seiner Brille blitzten, leuchteten bei der Erwähnung von „Datenrettung von einer beschädigten Drohnen-Speicherkarte" und der subtilen Andeutung eines „Krimi-Feelings" auf wie die Scheinwerfer eines Sportwagens. Die Aussicht auf eine knifflige technische Herausforderung und die Chance, seine beeindruckenden Fähigkeiten unter Beweis zu stellen, schienen ihn sofort zu fesseln. „Eine abgestürzte Drohne? Speicherkarte potenziell physisch und logisch beschädigt? Datenrettung unter erschwerten Bedingungen? Frau Gruber, das klingt ja fast wie eine Episode aus meiner Lieblings-Hackerserie 'Mr. Robot'! Challenge accepted! Absolut!" Er grinste breit und rieb sich die Hände. „Meine Eltern sind gerade im Wellnessbereich und versuchen, ihr 'inneres Gleichgewicht' durch eine überteuerte Algenpackung wiederzufinden. Die sind also für die nächsten Stunden beschäftigt. Kommen Sie mit auf unser Zimmer, da hab ich mein ganzes Equipment. Ist zwar nicht ganz so steril und aufgeräumt wie Ihr 'Solarplexus', eher kreatives Chaos, aber für eine digitale Wiederbelebung und ein bisschen Forensik-Action reicht's allemal."

Max Hafners Familien-Hotelzimmer war tatsächlich ein Kontrastprogramm zu Ernas minimalistischer Zirben-Suite. Seine Ecke des Zimmers, abgetrennt durch einen improvisierten Vorhang aus Hotelhandtüchern, glich dem Cockpit eines Raumschiffs oder der Kommandozentrale eines genialen, wenn auch leicht chaotischen, digitalen Alchemisten: zwei Laptops unterschiedlicher Größe, ein Tower-PC mit offenem Gehäuse, externe Festplatten, die wie kleine, blinkende Türme gestapelt waren, ein Wirrwarr aus Kabeln, Adaptern und merkwürdigen kleinen Geräten mit leuchtenden LEDs. Erna war beeindruckt von der professionellen Unordnung und dem offensichtlichen Fachwissen des jungen Mannes, das er trotz seiner legeren Kleidung – Kapuzenpulli mit einem kryptischen Programmiercode-Aufdruck, zerrissene Jeans – ausstrahlte.

Mit der Präzision eines Uhrmachers und der ruhigen Hand eines Neurochirurgen entnahm Max die Micro-SD-Karte aus dem Drohnenwrack. Unter einer starken Schreibtischlampe und mit einer Uhrmacherlupe untersuchte er sie eingehend. „Puh, Frau Gruber, das sieht auf den ersten Blick wirklich nicht gut aus", murmelte er nach einer Weile, und Ernas Herz machte einen kleinen, besorgten Hüpfer. „Die Kontakte hier sind leicht korrodiert von der Feuchtigkeit, und das Gehäuse der Karte hat durch den Aufprall wohl auch einige Mikrorisse abbekommen. Das Hauptproblem wird das Dateisystem sein; wenn das durch den Absturz und den abrupten Schreibabbruch zerschossen ist, wird es knifflig." Er verband die Karte über einen speziellen Adapter mit seinem Laptop.

Erna, die von der Fachsprache kaum ein Wort verstand, aber Max' ernste Miene sah, appellierte an seinen jugendlichen Ehrgeiz: „Ich habe gehört, Sie sind ein kleines Wunderkind mit diesen Dingern, Herr Hafner. Wenn das hier irgendjemand schafft, dann Sie! Es ist wirklich wichtig."

Diese Mischung aus Schmeichelei und der Aussicht auf ein echtes „Abenteuer" schien zu wirken. Max' Augen blitzten. „Okay, Frau Gruber, ich geb mein Bestes! Aber es wird dauern, und ich kann nichts versprechen."

Es folgten mehrere nervenaufreibende Stunden. Max reinigte die Kontakte, versuchte verschiedene Auslesegeräte und startete diverse Datenrettungsprogramme. Er murmelte Fachbegriffe, fluchte leise über „CRC-Fehler" und „defekte Speicherblöcke". Immer wieder gab es Momente tiefster Frustration. „Verflixte Lesefehler! Das Dateisystem ist ein einziger Trümmerhaufen! Ich glaube, das war's wirklich... die Schäden sind zu gravierend." Erna hielt den Atem an.

Dann, nach einer weiteren Stunde, in der Max eine andere Software nutzte und begann, einzelne Datenfragmente mit heuristischen Methoden zu analysieren, ein hoffnungsvoller Laut: „Moment mal, da ist ein Sektor, der noch lesbar scheint! Wenn ich den isoliere und die fehlerhaften Bereiche ignoriere... vielleicht ist da noch etwas Verwertbares!"

Mit einer Mischung aus technischem Geschick, jugendlichem Enthusiasmus und einer gehörigen Portion Glück gelang es Max schließlich, ein kurzes, stark fragmentiertes Video und ein entscheidendes, wenn auch sehr unscharfes Standbild wiederherzustellen. Das Standbild zeigte undeutlich, aber nach digitaler Nachbearbeitung durch Max erkennbar, Lars Vogts charakteristische Statur und sein markantes, verwaschenes Tattoo am kurz sichtbaren Handgelenk im Moment der entscheidenden Bewegung an der Absturzkante. Es war keine eindeutige Stoßbewegung zu sehen, eher eine schnelle, panische Aktion in Janos unmittelbarer Nähe. Viel wichtiger aber: Max konnte auch Fragmente der Audioaufnahme von Janos letzten, verzweifelten Worten isolieren und digital verstärken: „...Öl! Das verdammte Öl! ...Du hinterhältiges Schwein!" Die Worte waren nun klarer und noch anklagender.

Erna atmete tief durch. Max erschien ihr wie ein junger digitaler Zauberer. „Herr Hafner, Sie sind nicht nur ein Genie, Sie sind ein verdammter Held!", sagte Erna mit einer Mischung aus echter, tiefer Anerkennung und unendlicher Erleichterung. „Ohne Sie..."

Max strahlte über das ganze Gesicht, sichtlich stolz auf seine Leistung und die Anerkennung der erfahrenen Kriminalistin. „Gern geschehen, Frau Gruber. War 'ne echt knifflige Challenge. Fast besser als jedes Computerspiel! Sowas erlebt man ja nicht alle Tage als einfacher Hotelgast mit einem Faible für Datenforensik und unlösbare Rätsel."

Erna ließ sich die geretteten Dateien – das Standbild und das kurze Audiofragment – auf einen unauffälligen USB-Stick kopieren, den sie vorsorglich aus ihrer Handtasche gekramt hatte. Die Beweislage war nun so gut wie komplett. Die Konfrontation mit Lars Vogt konnte und musste jetzt so schnell wie möglich beginnen. Die Zeit drängte, bevor Direktor Walder seine Drohung wahr machen und sie des Hotels verweisen konnte. Sie musste handeln, und zwar sofort.

Ernas Plan und Konrads letztes Spiel

Tag 4, Vormittag (ca. 11:30)

Mit dem USB-Stick, der die zwar fragmentarischen, aber dennoch belastenden Beweise von Janos abgestürzter Drohne enthielt, und der Gewissheit von Pascals detaillierter Zeugenaussage im Kopf, zog sich Erna Gruber auf ihr Zimmer „Solarplexus" zurück. Die Tür sorgfältig von innen verriegelt, glich das minimalistische Zirbenholz-Refugium nun endgültig einem improvisierten, aber erstaunlich effizienten Ermittlungsbüro, wie sie es aus unzähligen Tatortbegehungen und komplexen Fällen kannte – nur dass die Pinnwand hier eine sündteure, nach Wald duftende Holztäfelung war.

Mit den neuesten, erdrückenden Beweisen – Pascals detailliertem Geständnis über das Auftragen des Öls und Lars Vogts direkter Drohung, sowie den entscheidenden Fragmenten von Janos Drohne, die das unscharfe Tattoo-Indiz und Janos letzte, anklagende Worte „Das Öl! Du verdammtes Schwein!" enthielten – nahm Erna nun den roten Stift zur Hand. Sie zog einen dicken Kreis um LARS VOGT.

Alle anderen Namen auf ihrer „Zirbenwand der Verdächtigungen" erhielten nun dünnere, durchgestrichene Linien oder wurden mit einem großen Fragezeichen versehen, das „Mitwisser?", „andere Vergehen?" oder „später zu prüfen" andeutete. Die physischen Beweismittel – das Tütchen mit der Ölprobe, der USB-Stick mit Sabrinas Handyvideo und den geretteten Drohnen-Daten – legte sie griffbereit auf den Schreibtisch. Ihre Theorie stand: Lars Vogt, von Jano Goldmann in die Enge getrieben, gedemütigt und mit der Enthüllung seiner Vergangenheit konfrontiert, hatte in einer Mischung aus Verzweiflung, Rache und dem Wunsch, Jano endgültig zum Schweigen zu bringen, die Glaskante der Dachterrasse mit dem Spa-Öl präpariert. Er wollte Jano bei seinem großspurigen Stunt zu Fall bringen, ihn demütigen, vielleicht verletzen. Als Jano jedoch nach dem Ausrutschen ihn, Lars, erkannte und wütend beschimpfte, war die Situation eskaliert, und Lars Vogt hatte ihn in Panik und im Affekt den entscheidenden, tödlichen Stoß versetzt.

Erna atmete tief durch. Sie musste jetzt Wachtmeisterin Eder zumindest über die Zuspitzung informieren, ohne ihre eigenen Pläne für die unmittelbare Konfrontation zu gefährden oder die junge Polizistin in Schwierigkeiten mit Inspektor Holzer zu bringen. Ein persönliches Treffen war nach Walders Ultimatum und der allgegenwärtigen Überwachung im Hotel zu riskant. Ein kurzes, sorgfältig formuliertes Telefonat musste reichen.

„Eder, hier Gruber", sagte sie leise, als die junge Polizistin nach dem zweiten Klingeln abhob. Ihre Stimme klang professionell und ruhig, trotz der inneren Anspannung. „Ich glaube, ich bin kurz davor, den Knoten in dieser unglückseligen Angelegenheit endgültig zu durchschlagen. Die Sache mit dem Öl und unserem Hauptverdächtigen, über den wir schon gesprochen haben... es hat sich dramatisch zu einem sehr klaren Bild verdichtet. Ich habe nun auch Pascals vollständige Zeugenaussage über die direkte Tatvorbereitung und die Drohnen-Analyse hat entscheidende Fragmente geliefert. Ich denke, ich kann Ihnen sehr bald handfeste, unwiderlegbare Beweise präsentieren, die eine offizielle Wiederaufnahme des Falls und eine umgehende Verhaftung absolut unumgänglich machen werden."

Am anderen Ende der Leitung war ein Moment der Stille, dann Eders Stimme, erfüllt von einer Mischung aus ungläubiger Bewunderung und spürbarer Sorge. „Frau Gruber, Sie sind wirklich... unglaublich. Ich bin sprachlos. Inspektor Holzer wird einen Herzanfall bekommen, wenn er das erfährt." Dann wurde Eders Stimme ernster, fast schon beschwörend. „Frau Gruber, ich ahne, was Sie vorhaben, und dass Sie kurz vor dem Ziel stehen. Aber bitte, ich flehe Sie an, seien Sie extrem vorsichtig! Dieser Lars Vogt ist nach allem, was Sie mir erzählt haben, unter enormem Druck und könnte absolut unberechenbar sein. Brauchen Sie nicht doch sofort diskrete Unterstützung von meiner Seite? Ich könnte unauffällig..."

Erna lächelte kaum merklich in den Hörer. Die junge Frau hatte Schneid und Anstand. „Danke, Eder, das ist sehr nett von Ihnen, und ich weiß Ihre Sorge und Ihr Angebot wirklich zu schätzen. Aber ich muss das jetzt alleine zu Ende bringen. Ich will nicht, dass Inspektor Holzer auch nur den Hauch einer Chance bekommt, Wind davon zu kriegen und mir in letzter Minute noch alles vermasselt oder sich am Ende gar mit meinen mühsam gesammelten Federn schmückt. Außerdem," ein Anflug von altem, unbezwingbarem Ehrgeiz und einer gewissen diebischen Freude blitzte in ihrer Stimme auf, „habe ich die Suppe quasi im Alleingang ausgelöffelt, jetzt esse ich sie auch alleine auf. Oder serviere sie zumindest dem Richtigen, bevor Holzer sie mit seiner Inkompetenz verwässert."

Eder seufzte leise, aber Erna hörte das Verständnis in ihrer Stimme. „In Ordnung, Frau Gruber. Ich verstehe Ihren Punkt. Aber bitte, das Geringste… und Sie rufen an! Wenn irgendetwas schiefgeht, oder wenn Sie ihn haben, ein Anruf genügt, und wir sind binnen zehn Minuten im 'Alpen-Zen'. Und zwar mit allem, was wir haben, und dann ist mir auch egal, was Inspektor Holzer dazu sagt oder ob Herr Walder einen Tobsuchtsanfall kriegt. Verlassen Sie sich drauf."

„Verstanden, Eder. Und danke. Auf Sie ist Verlass." Erna legte auf. Die moralische Unterstützung der jungen Polizistin, auch wenn sie ihre direkte Hilfe im Moment nicht in Anspruch nehmen wollte, war ein wichtiger mentaler Anker in diesem Sturm aus Lügen und Intrigen.

Sie beschloss, sich für die bevorstehende, potenziell gefährliche Konfrontation mit Lars Vogt einen letzten starken Kaffee aus der Hotelbar zu holen – der dünne Aufguss auf dem Zimmer war definitiv keine Option mehr, um ihre Nerven zu stählen und ihren

Verstand messerscharf zu halten. Als sie die Lobby durchquerte, die um diese Zeit des späten Vormittags fast menschenleer war und in der eine trügerische, fast schon unheimliche Stille herrschte, kam ihr Konrad König entgegen. Er trug eine elegante Freizeitjacke und schien gerade von einem Spaziergang im Hotelgarten zurückzukehren, ein Buch unter dem Arm. Seine Augen musterten Erna mit seinem kühlen, analytischen Blick.

„Frau Gruber", sagte er mit einem Anflug seines typischen zynischen Lächelns, das heute aber eine fast schon anerkennende, fast schon belustigte Nuance hatte. „Sie wirken so... energiegeladen und entschlossen. Fast so, als stünden Sie kurz vor dem finalen Wurf beim Roulette und wüssten bereits mit absoluter Sicherheit, dass Ihre Zahl fallen wird. Haben Sie das große Rätsel des 'Alpen-Zen' und seiner illustren, wenn auch mittlerweile leicht dezimierten und sichtlich nervösen Gästeschar endgültig gelöst?"

Erna erwiderte seinen Blick ruhig, ohne sich auf sein intellektuelles Spielchen einzulassen, das er offenbar bis zur letzten Minute zu genießen schien. „Manchmal, Herr König, fügen sich die Puzzleteile eben zusammen, wenn man lange genug hinschaut, nicht aufgibt, die richtigen Fragen zu stellen und sich nicht von falschen Fährten oder geschickt inszenierten Blendwerken ablenken lässt."

Konrad König nickte langsam, sein Lächeln wurde nachdenklicher, fast schon melancholisch, als würde er einer verlorenen Schachpartie nachtrauern. „In der Tat. Die Würfel scheinen endgültig gefallen zu sein." Er trat einen Schritt näher, seine Stimme wurde leiser, fast vertraulich, als wollte er ihr ein letztes, wohlmeinendes, philosophisches Geheimnis anvertrauen. „Wissen Sie, Frau Gruber, manchmal sind es die leisesten und unscheinbarsten Spieler am Tisch, die mit einem unerwarteten, verzweifelten Zug das ganze Spiel auf den Kopf stellen – oder eben jene, die in ihrer abgrundtiefen Verzweiflung und ihrer existenziellen Angst glauben, keine andere Wahl mehr zu haben als einen radikalen, unumkehrbaren Schnitt zu machen." Sein Blick war undurchdringlich, aber Erna glaubte, einen Hauch von... ja, war es Respekt oder gar eine Spur von Mitleid darin zu erkennen? „Passen Sie auf sich auf, dass Sie sich bei all Ihrer detektivischen Brillanz und Ihrem unbestreitbaren Gerechtigkeitssinn nicht selbst ins Abseits manövrieren und am Ende feststellen müssen, dass die Wahrheit oft viele schmutzige und unappetitliche Gesichter hat, und nicht alle davon sind angenehm anzusehen oder leicht zu verdauen. Manchmal ist die einfachste Erklärung auch die banalste – und die menschlich tragischste." Mit diesen doppeldeutigen Worten, die Erna noch lange beschäftigen würden und die sie als eine Art intellektuelle Kapitulation seinerseits interpretierte, und einem letzten, undurchdringlichen Nicken ging er an ihr vorbei in Richtung der Aufzüge und ließ eine nachdenkliche, aber nun endgültig und unumstößlich entschlossene Erna zurück.

War das eine letzte, subtile Warnung gewesen? Eine verklausulierte Analyse von Lars Vogts Psyche und seiner Tat? Oder einfach nur Konrad Königs intellektuelle Art, das letzte Wort in ihrem stillen Duell zu behalten und ihr gleichzeitig mitzuteilen, dass er wusste, dass sie wusste? Sie entschied sich, es als das zu nehmen, was es am wahrscheinlichsten war: die zynische, aber nicht ganz unzutreffende Beobachtung eines Mannes, der selbst genug über die dunklen Seiten der menschlichen Natur wusste, um die Verzweiflung anderer zu erkennen. Ein kleiner Restzweifel an seiner eigenen, undurchsichtigen Rolle in diesem Drama blieb, aber er war nicht stark genug, um sie von ihrem Kurs abzubringen. Lars Vogt war der Täter. Und sie würde ihn jetzt mit der vollen Wucht der Wahrheit konfrontieren.

Zurück in ihrem Zimmer schloss sie die Tür und atmete mehrmals tief und bewusst durch, eine Technik, die sie in den letzten Tagen widerwillig, aber mit zunehmender Anerkennung für ihre beruhigende und fokussierende Wirkung praktiziert hatte. Die

Anspannung war enorm. Sie musste einen kühlen Kopf bewahren für das, was nun kommen würde. Sie ging ihre Strategie für die Konfrontation mit Lars Vogt ein letztes Mal durch. Sie würde Pascal bitten, unauffällig in der Nähe zu sein, als potenziellen Zeugen für alles, was geschehen mochte. Und dann, wenn Lars Vogt gestanden hatte oder die Beweise ihn erdrückten, würde sie Wachtmeisterin Eder anrufen. Der Vorhang für den letzten, entscheidenden Akt im Drama des „Alpen-Zen" war im Begriff zu fallen.

VI

In die Enge getrieben

Die letzte Konfrontation

Tag 4, Abend (ca. 19:00)

Der Himmel über dem „Alpen-Zen" hatte sich im Laufe des späten Nachmittags immer weiter zugezogen und präsentierte sich nun in einem bedrohlichen Anthrazitgrau. Schwere, feuchte Wolken hatten die Berggipfel verschluckt, und ein eisiger Wind fegte über die Terrassen, heulte um die Ecken des Hotelturms und peitschte die ersten dicken Regentropfen gegen die großen Panoramafenster des Seminarraums „Lichtnelke". Es lag ein schweres Gewitter in der Luft, eine fast greifbare elektrische Spannung, die die ohnehin zum Zerreißen gespannte Atmosphäre im Hotel noch zu verstärken schien.

Erna hatte Pascal, den jungen Hotelangestellten, der ihr mittlerweile mit einer Mischung aus Furcht und widerwilligem Respekt begegnete, gebeten, Lars Vogt eine unauffällige Nachricht zukommen zu lassen. Er möge bitte pünktlich um sieben Uhr in den Seminarraum „Lichtnelke" kommen. Sarah Fuchs müsse dort noch einige dringende organisatorische Abklärungen mit allen verbliebenen Retreat-Teilnehmern bezüglich der morgigen, nun ja, etwas überstürzten Abreise und der „Geschehnisse der letzten Tage" treffen. Es war ein Vorwand, der plausibel genug klang, um keinen unmittelbaren Verdacht bei Lars zu erregen, ihn aber gleichzeitig nervös genug machen sollte, um pünktlich zu erscheinen. Erna wartete bereits im Seminarraum, als die ersten Blitze den düsteren Raum für Sekundenbruchteile erhellten und ein fernes, tiefes Donnergrollen die Stille des Hotels durchbrach. Der Raum war nur spärlich beleuchtet, was die unruhigen Schatten der draußen im Sturm tanzenden Bäume noch länger und bedrohlicher wirken ließ. Sie hatte sich bewusst an das Kopfende des langen Seminartisches gesetzt, eine Position, die Ruhe und unerschütterliche Autorität ausstrahlte.

Pünktlich um sieben Uhr öffnete sich die Tür und Lars Vogt trat ein, oder besser gesagt, er schlich herein. Er blickte sich suchend und mit offensichtlicher Nervosität im halbdunklen Raum um, erwartete offensichtlich die anderen Teilnehmer und Sarah Fuchs. Als er nur Erna Gruber an dem langen Tisch sitzen sah, die ihn ruhig und mit einem undurchdringlichen, fast schon lauernden Blick musterte, blieb er wie angewurzelt stehen. Eine Mischung aus Überraschung, tiefer Verwirrung und einer plötzlich aufkeimenden, sichtbaren Furcht spiegelte sich in seinen hohl liegenden Augen.

„Frau... Gruber?", stammelte er, seine Stimme kaum mehr als ein Hauch, der im Heulen des Windes fast unterging. „Wo... wo sind denn die anderen? Pascal hat doch gesagt, Frau Fuchs... ein wichtiges Treffen der gesamten Gruppe?"

„Setzen Sie sich, Herr Vogt", sagte Erna mit einer Ruhe, die im krassen Gegensatz zum aufziehenden Unwetter draußen und der sichtbaren Panik des Mannes vor ihr stand. Ihre Stimme war leise, aber jede Silbe saß wie ein präziser Nadelstich. „Frau Fuchs kommt nicht. Und die anderen auch nicht. Ich möchte mit Ihnen sprechen. Alleine. Über Jano Goldmann und die genauen Umstände seines... sehr bedauerlichen Ablebens gestern Morgen."

Lars Vogt wich einen Schritt zurück, als wollte er instinktiv fliehen, doch Ernas fester, unnachgiebiger Blick schien ihn wie ein unsichtbares Netz festzuhalten. Zögernd, fast wie ein ferngesteuerter Roboter, dessen Batterien zur Neige gingen, ließ er sich auf den Stuhl fallen, der ihrem Platz am nächsten stand. Seine Hände zitterten unaufhörlich, als er sie verkrampft in den Schoß legte.

„Ich... ich habe doch schon alles gesagt, was ich weiß", wiederholte er die Leier vom Vortag, aber seine Stimme klang noch brüchiger, noch verzweifelter als zuvor. „Im Workshop... und auch sonst. Es war... ein furchtbarer Schock für uns alle. Ein tragischer, schrecklicher Unfall. Mehr weiß ich nicht."

„Ein Unfall, Herr Vogt?", wiederholte Erna leise, aber mit einem Unterton, der keinen Zweifel an ihrer unerschütterlichen Überzeugung ließ, dass er log. „Oder vielleicht doch eher ein 'Denkzettel', der auf fatale Weise aus dem Ruder gelaufen ist? Ein Denkzettel mit tödlichen Folgen?" Sie blickte ihn fest an, ihre Augen schienen seine Lügen und Ausflüchte mühelos zu durchdringen. „Ich glaube, es ist jetzt endgültig an der Zeit, dass Sie mir die ganze, ungeschminkte Geschichte erzählen. Ohne weitere Ausflüchte, ohne Lügen, ohne dieses erbärmliche Versteckspiel."

„Ich weiß beim besten Willen nicht, wovon Sie überhaupt reden", keuchte Lars, seine Augen flackerten nervös zur Tür, als suche er einen unsichtbaren Fluchtweg aus dieser Falle. „Ich habe absolut nichts mit Janos Tod zu tun! Das ist eine ungeheuerliche Unterstellung!"

„Oh, ich denke doch, Herr Vogt, dass Sie sehr genau wissen, wovon ich rede", erwiderte Erna und begann, ihre sorgfältig zusammengetragene und nunmehr erdrückende Beweiskette auszubreiten, langsam, präzise, unaufhaltsam wie das nun immer näher kommende, mit jedem Donnerschlag an Intensität gewinnende Gewitter. „Fangen wir mit dem 'Gipfelstürmer'-Spa-Öl an. Ein sehr spezifisches Öl, das hier im Hotel verwendet wird und dessen Duft unverkennbar ist. Ein Öl, das Sie, Herr Vogt, am Morgen des Tattages, kurz vor Janos Stunt, von einem sehr verängstigten Pascal aus dem Lager geholt haben. Und das Sie dann, wie derselbe Pascal unter Tränen und nach langem Zögern gestanden hat, kurz darauf auf der Glaskante der Dachterrasse des Hotelturms aufgetragen haben. Genau dort, Herr Vogt, wo Jano Goldmann wenig später ausgerutscht ist und in den Tod stürzte."

Lars Vogts Gesicht wurde aschfahl, wenn das überhaupt noch möglich war. Schweißperlen traten ihm auf die Stirn. „Pascal? Dieser kleine... dieser verlogene Niemand! Der... der lügt! Der will mir doch nur was anhängen, um von sich selbst abzulenken!" Seine Stimme klang jetzt schrill und aggressiv, aber auch voller Verzweiflung.

„Lügt er wirklich, Herr Vogt? Oder hat er vielleicht nur endlich den Mut gefunden, die Wahrheit zu sagen, nachdem Sie ihn auf der Dachterrasse massiv bedroht haben, er solle schweigen, sonst würden Sie sein Leben zur Hölle machen?" Erna fuhr ungerührt fort, ihre Stimme blieb ruhig, fast schon sanft, was die Wirkung ihrer Worte nur noch verstärkte. „Ich habe hier übrigens eine Probe des Öls von der Absturzkante." Sie deutete auf ihre unscheinbare Handtasche, die neben ihr auf dem Tisch lag. „Und ich habe den Geruch dieses speziellen Öls an Ihrer Kleidung und Ihrer Yogamatte wiedererkannt, nachdem Sie gestern in der Yoga-Stunde so... bemerkenswert emotional wurden und von Schuld und Verzeihung und einem 'Denkzettel' gefaselt haben. Sie haben es sogar letzte Nacht, zusammen mit einem verräterischen öligen Lappen, in der Mülltonne im Wirtschaftshof entsorgt. Dr. Lindner und ich, wir haben Sie dabei beobachtet, Herr Vogt, wie Sie versuchten, die Beweise verschwinden zu lassen."

Ein ohrenbetäubender Donnerschlag ließ die Fensterscheiben des Seminarraums erzittern, gefolgt von einem sintflutartigen Regen, der wie ein Trommelwirbel gegen das Glas peitschte, als wollte er Ernas unerbittliche Anklage unterstreichen. Lars Vogt fuhr zusammen, stieß einen unterdrückten Laut aus. Schweißperlen liefen ihm nun in Bächen über das Gesicht, sein Atem ging flach und schnell.

„Das... das ist alles ein furchtbares Missverständnis", keuchte er, seine Stimme kaum mehr als ein Wimmern. „Ich wollte doch nur... nur meine eigenen Verspannungen im Nacken lösen... mit dem Öl... und der Lappen... das war nur zum Abwischen... ein Versehen... ich bin da vielleicht ausgerutscht und hab was verschüttet..."

„Mit Massageöl auf einer eiskalten, gläsernen Dachkante, die dem Wind ausgesetzt ist, kurz bevor Jano Goldmann dort seinen lebensgefährlichen Stunt aufführen wollte?", fragte Erna unerbittlich, ihre Stimme schnitt wie ein eiskaltes Skalpell durch seine fadenscheinigen, immer verzweifelteren Ausreden. „Und Ihre Selbstgespräche während der Shavasana-Übung? 'Musste sein... Öl... er hat's gesehen... Verzeihung, Jano...' Das klang für mich nicht nach der Behandlung von harmlosen Nackenverspannungen, Herr Vogt. Das klang nach einem Gewissen, das Sie zu zerfressen droht.‟

Lars sprang mit einem Mal auf, seine Augen funkelten fiebrig vor Panik und aufkeimender Wut. „Ich lasse mich hier nicht von Ihnen verhören und beschuldigen! Sie sind eine alte, neugierige, pensionierte Frau, die sich in Dinge einmischt, die sie absolut nichts angehen! Sie haben keine handfesten Beweise! Nichts, was vor einem ordentlichen Gericht auch nur den Hauch einer Chance hätte!‟ Er versuchte, bedrohlich zu wirken, aber seine zitternden Knie, seine bleiche Gesichtsfarbe und seine feuchten Hände verrieten seine innere Panik.

„Doch, die habe ich, Herr Vogt‟, sagte Erna mit unerschütterlicher Ruhe und zog den kleinen, unscheinbaren USB-Stick aus ihrer Jackentasche, hielt ihn zwischen Daumen und Zeigefinger hoch wie ein Kruzifix vor einem Vampir, der sich im letzten Tageslicht windet. „Janos eigene Drohne. Ein cleveres, junges Computergenie, das zufällig auch hier Gast ist, hat die Daten von der Speicherkarte wiederhergestellt, trotz des Absturzes und der Beschädigungen.‟ Sie ließ die Information langsam einsickern, beobachtete, wie die letzte Farbe aus Lars Vogts Gesicht wich. „Es gibt da ein sehr unscharfes, verwackeltes Standbild, Herr Vogt. Darauf ist schemenhaft eine Gestalt in einem dunklen Kapuzenpulli zu erkennen, von hinten, im Moment des Sturzes. Eine Gestalt, die Ihrer Statur ähnelt. Und am kurz sichtbaren Handgelenk dieser Gestalt ist mit viel Fantasie und digitaler Filterung etwas zu erahnen, das Ihr kleines Skorpion-Tattoo sein könnte.‟

Sie machte eine bedeutungsvolle Pause, während ein weiterer Donnerschlag die Stille zerriss. „Das allein wäre vor Gericht vielleicht zu wenig, Herr Vogt, da gebe ich Ihnen recht. Aber die

Audiofragmente, die sind da schon etwas deutlicher, auch wenn sie stark rauschen und verzerrt sind. Denn darauf hört man Janos letzte, anklagende Worte, die ich selbst auch von meinem Balkon vernommen habe: 'Das Öl! Du verdammtes Schwein!'"

Lars Vogt starrte sie an, das Gesicht eine Maske des puren Entsetzens, der Fassungslosigkeit und der endgültigen Niederlage. Er öffnete den Mund, um etwas zu sagen, aber es kam kein Ton heraus. Er wankte, als würden ihm die Beine den Dienst versagen. Die Schlinge hatte sich endgültig und unerbittlich zugezogen. Es gab kein Entrinnen mehr. Das Gewitter draußen schien seine innere Zerrissenheit und den bevorstehenden Zusammenbruch widerzuspiegeln. Die Luft im Raum war so dick, dass man sie hätte schneiden können.

Das Geständnis im Donnerwetter

Tag 4, Abend (ca. 19:30 - 20:00)

Lars Vogt starrte auf den kleinen USB-Stick in Ernas Hand, als wäre er ein glühendes Eisen, das ihm unausweichlich das Brandmal seiner Schuld einbrennen würde. Das fahle Licht, das von draußen durch die regengepeitschten Fenster drang, und das unregelmäßige, grelle Aufzucken der Blitze ließen sein Gesicht noch hagerer, noch verzweifelter und fast schon unmenschlich erscheinen. Das Gewitter tobte nun mit voller, entfesselter Wucht direkt über dem „Alpen-Zen", jeder Donnerschlag dröhnte wie ein Kanonenschuss, der die Grundfesten des Hotels erzittern ließ und die erdrückende, spannungsgeladene Stille zwischen Ernas unerbittlicher Anklage und Lars Vogts nächster Reaktion zu zerreißen drohte.

„Nein...", flüsterte er, die Stimme kaum mehr als ein heiseres, tonloses Krächzen, das im Heulen des Windes fast unterging. „Nein, das kann nicht sein... die Drohne war doch... total kaputt... zertrümmert..."

„Sie war schwer beschädigt, Herr Vogt, ja", erwiderte Erna mit unnachgiebiger, fast schon schneidender Ruhe, die im Kontrast zur tobenden Natur stand. „Aber nicht zerstört genug, um ihre digitalen Geheimnisse für immer zu bewahren. Es gibt immer Mittel und Wege, die Wahrheit ans Licht zu bringen, wenn man nur hartnäckig genug sucht und die richtigen Leute kennt, die wissen, wie man selbst aus Datenmüll noch etwas herauskitzelt."

Lars Vogt begann am ganzen Körper zu zittern, ein unkontrollierbares Beben, das ihn schüttelte wie ein Blatt im Sturm. Er sank auf seinen Stuhl zurück, als hätten ihm unsichtbare Hände die Beine und jede Kraft aus dem Leib gezogen. Die letzte, verzweifelte Bastion seiner Leugnung war gefallen. Der Damm, der seine Schuld und seine Angst mühsam zurückgehalten hatte, brach mit der Wucht eines reißenden Stroms.

In einem Schwall von Worten, unterbrochen von krampfartigen Schluchzern, heiserem Keuchen und Momenten erstickter Verzweiflung, begann er zu erzählen, die Worte purzelten nur so aus ihm heraus, als könnte er sie nicht länger zurückhalten. Er sprach von den unzähligen, systematischen Demütigungen durch Jano Goldmann, die sich über Monate, ja fast Jahre hingezogen hatten. Von der ständigen Angst, seine mühsam und auf Lügen aufgebaute Existenz als „Lars Vogt, der einfühlsame Tantra-Lehrer", könnte jeden Moment wie ein Kartenhaus zusammenbrechen. Er schilderte Janos perfide, grausame Erpressung, die ständige Drohung, seine unrühmliche „Würstel-Timo"-Vergangenheit und die von Jano schamlos gestohlenen Kursinhalte, die Janos eigenen, glänzenden Erfolg erst ermöglicht hatten, öffentlich zu machen und ihn damit endgültig gesellschaftlich und beruflich zu vernichten.

„Er... er wollte mich fertigmachen! Mich vernichten! Bis auf die Knochen!", stieß Lars hervor, Tränen liefen ihm ungehindert über das eingefallene Gesicht und vermischten sich mit dem Schweiß auf seiner Stirn. „Er hat sich an meiner Angst geweidet, an meiner Verzweiflung! Er hat es genossen, mich leiden zu sehen! Ich hatte nichts mehr zu verlieren! Er hat mir alles genommen, meine Würde, meine Hoffnung, meine letzte Chance auf ein normales Leben!"

Erna hörte schweigend zu, ihr Gesichtsausdruck blieb neutral, aber ihre Augen spiegelten die ganze Tragik dieser menschlichen Katastrophe wider. Sie ließ ihn reden, ließ die aufgestauten Emotionen, die Wut, die Angst, die Verzweiflung, ungefiltert herausbrechen.

„Ich wollte ihn doch nur bloßstellen!", schluchzte Lars, seine Stimme überschlug sich. „Er sollte ausrutschen, sich vor all seinen ach so wichtigen Followern und der ganzen Welt lächerlich machen! Das Öl... ja, das verdammte Öl habe ich auf die Kante geschmiert! Ich habe es von diesem dummen Jungen, dem Pascal, geholt, ihm irgendeine Lüge von einer Spezialanwendung für einen VIP-Gast erzählt. Ich bin über diese alte, versteckte Service-Treppe, die ich bei einer meiner Erkundungstouren durch das Hotel entdeckt hatte, als ich einen ruhigen Ort zum Nachdenken suchte, unbemerkt auf die Dachterrasse gelangt. Hab's schnell aufgetragen und bin wieder runter, bevor jemand was merken konnte. Ich dachte, er stürzt vielleicht, bricht sich ein Bein, verstaucht sich was, aber vor allem: Sein Saubermann-Image als unbesiegbarer Super-Guru wäre dahin! Ein Denkzettel sollte es sein, eine öffentliche Demütigung, mehr nicht! Ich schwöre es bei allem, was mir noch heilig ist!"

Er rang nach Luft, das Gewitter draußen schien seine Worte mit jedem Blitz und jedem Donnerschlag zu unterstreichen, als wollte der Himmel selbst Zeugnis ablegen. „Aber dann... als er da oben stand und tatsächlich auf diesem verdammten Ölfilm ausrutschte... und sich mit letzter Kraft an der Kante festhielt... da hat er mich unten auf der Terrasse stehen sehen. Ich war wie erstarrt, konnte mich nicht bewegen. Er hat mich erkannt! Er hat mich mit diesen hasserfüllten Augen angestarrt und gebrüllt... 'Du Schwein! Das Öl! Ich bring dich um, du elender Versager! Ich mache dich fertig, endgültig!' Seine Augen, Frau Gruber, die waren wie die eines Raubtiers! Ich dachte, er klettert gleich wieder hoch und bringt mich um, erwürgt mich mit bloßen Händen oder stößt mich da runter! Er schien riesige Kräfte zu entwickeln. Und in dem Moment... in dem Moment ist bei mir alles durchgebrannt. Alle Sicherungen sind rausgeflogen."

Lars Vogts Stimme wurde leiser, fast tonlos, als würde er die Worte selbst kaum glauben können. „Ich hatte solche panische Angst. Ich dachte, jetzt ist alles aus, er wird mich endgültig ruinieren, mich ins Gefängnis bringen, er wird dafür sorgen, dass ich nie wieder auf die Beine komme. Es war wie ein... wie ein roter Nebel vor meinen Augen, ein totaler Blackout. Ich weiß nicht mehr genau, was passiert ist... ich bin wie von Sinnen die paar Stufen zur oberen Ebene der Dachterrasse hochgerannt... ich hab ihn nur noch schreien und drohen gehört... und dann... dann hab ich ihn nur noch weggestoßen... ich wollte nur, dass er still ist, dass er aufhört, mich zu bedrohen... dass dieser Albtraum endlich ein Ende hat..."

Er schüttelte den Kopf, als könnte er seine eigene Tat nicht fassen, als würde er von jemand anderem sprechen. „Und die Drohne... die hat ja alles gefilmt... ich hab sie mit einem... mit einem schweren Deko-Stein, der da auf der Brüstung lag, vom Himmel geholt... einfach draufgeschlagen... in blinder, kopfloser Panik..."

In diesem Moment, als Lars Vogts Geständnis seinen traurigen, erschütternden Höhepunkt erreichte und die ganze Verzweiflung und das Ausmaß seiner Tat offenbar wurden, klopfte es leise und zögernd an die Tür des Seminarraums. Erna hatte Pascal, der draußen auf dem Flur mit klopfendem Herzen gewartet hatte, über eine kurze, unauffällige SMS das verabredete Zeichen gegeben. Der junge Hotelangestellte trat mit bleichem Gesicht, aber entschlossenem Blick leise ein und blieb wie angewurzelt stehen, Zeuge des emotionalen Wracks, das Lars Vogt nun war.

Als Lars Vogt Pascal sah, den stummen Zeugen seiner Tatvorbereitung und nun auch seines vollständigen Geständnisses, brach er endgültig und mit einem herzzerreißenden, fast schon animalischen Laut der Verzweiflung und Reue zusammen. Er sank auf die Knie, das Gesicht in den Händen vergraben, und schluchzte unkontrolliert, sein ganzer Körper wurde von den Erschütterungen geschüttelt. „Es tut mir so leid... ich wollte das nicht... ich wollte das alles nicht... Ich bin kein Mörder... ich bin doch kein Mörder..."

Die Worte hingen schwer und bleiern im Raum, untermalt vom nun leiser werdenden Prasseln des Regens und dem gelegentlichen, fernen Grollen des abziehenden Donners.

Erna blickte von dem gebrochenen Mann zu dem jungen, verängstigten, aber nun auch sichtlich erleichterten Pascal. Das Gewitter draußen schien seine Schuldigkeit getan zu haben; die Luft war reingewaschen. Die Wahrheit war ans Licht gekommen, in all ihrer tragischen und menschlichen Banalität. Es war kein raffinierter, eiskalt geplanter Mord gewesen, sondern eine verzweifelte Tat, die aus Demütigung, Existenzangst und einem fatalen Moment der Panik und des Kontrollverlusts entstanden war. Aber es war Mord. Und Lars Vogt war der Täter.

Sie zog ihr Handy hervor, ihre Hand zitterte kaum merklich. „Wachtmeisterin Eder?", sagte sie ruhig, aber mit einer unüberhörbaren Note von Erschöpfung und endgültiger Gewissheit in den Hörer, während ihr Blick auf dem schluchzenden Lars Vogt ruhte, der nun von Pascal unbeholfen getröstet wurde. „Erna Gruber hier. Sie können kommen. Wir haben ein vollständiges Geständnis. Und diesmal, liebe Eder, wird Inspektor Holzer uns beiden sehr, sehr genau zuhören müssen. Bringen Sie am besten auch gleich die Handschellen mit."

Eine letzte Verzweiflungstat – mit Live-Stream

Tag 4, Später Abend (ca. 21:00)

Das Gewitter draußen hatte sich zu einem steten, trommelnden Regen gewandelt, der eine unheilvolle Melodie an die Fensterscheiben des Seminarraums „Lichtnelke" klopfte und die gedämpften Schluchzer von Lars Vogt fast übertönte. Er kauerte immer noch auf dem Boden, ein gebrochener Mann, während Pascal, bleich aber entschlossen, neben der Tür Wache hielt. Erna beendete ihr kurzes, aber präzises Telefonat mit Wachtmeisterin Eder.

„Ja, Eder, er hat alles gestanden... der komplette Tathergang... Ja, auch den Stoß... Sie können Inspektor Holzer jetzt grünes Licht geben und ihn von seiner wichtigen Bezirkskonferenz oder wo auch immer er sich gerade vor der Arbeit drückt, abberufen... Es wäre nett, wenn Sie diesmal etwas schneller wären als beim letzten Mal." Sie legte auf, ein dünnes, zufriedenes Lächeln umspielte ihre Lippen. Dann wandte sie sich Lars Vogt zu, der den Kopf gehoben hatte und sie mit hasserfüllten, aber auch panischen Augen anstarrte.

„Herr Vogt, es ist vorbei. Die Polizei ist auf dem Weg, um Sie abzuholen."

In diesem Moment schien bei Lars Vogt etwas endgültig zu zerbrechen oder kurzzuschließen. Die Erwähnung der Polizei, die unaufhaltsame Realität der bevorstehenden Verhaftung und der jahrelangen Haftstrafe, die ihn nun erwartete, schienen ihn mit einer letzten, verzweifelten, animalischen Energie zu erfüllen. Seine Augen weiteten sich, ein irrer, fiebriger Glanz trat hinein, als hätte er eine plötzliche, wahnwitzige Erleuchtung gehabt.

„Nein!", stieß er hervor, die Stimme heiser und brüchig, aber erfüllt von einer neuen, unheimlichen Entschlossenheit. „Nein, das... das darf nicht sein! Die Flasche! Ich muss die Flasche holen! Und den Lappen! Wenn die weg sind... wenn die verdammten

Beweise weg sind... dann können sie mir nichts! Dann war alles nur ein böser Traum!" In einer völlig irrationalen Kurzschlussreaktion, getrieben von der wahnwitzigen Vorstellung, er könne das Unabwendbare doch noch irgendwie abwenden, wenn er nur diese verräterische Ölflasche und den Lappen aus der Mülltonne entfernte, bevor die „richtige" Polizei mit Blaulicht und Sirenen eintraf, sprang er mit einer unerwarteten, fast katzenhaften Agilität auf.

Er stieß den überraschten Pascal, der ihm instinktiv den Weg versperren wollte, brutal beiseite, sodass dieser mit einem schmerzhaften Stöhnen gegen einen der schweren Seminartische taumelte und zu Boden ging. Bevor Erna, die einen Moment von der Plötzlichkeit und der schieren, grenzenlosen Absurdität dieser verzweifelten und sinnlosen Aktion verdutzt war, reagieren konnte, war Lars Vogt aus dem Seminarraum gestürmt und rannte den Gang entlang, als wären alle Dämonen des „Alpen-Zen" hinter ihm her.

„Verdammt noch mal, dieser Narr! Dieser vollkommene Idiot!", fluchte Erna, ihr Puls schoss wieder in die Höhe. Dieser Mann war nicht nur ein Mörder im Affekt, er war auch brandgefährlich und in seiner Panik absolut unberechenbar. „Pascal, alles in Ordnung bei Ihnen? Können Sie aufstehen?"

Pascal rappelte sich mühsam auf, rieb sich die schmerzende Schulter, sein Gesicht war eine Mischung aus Schreck, Wut und neu erwachter, grimmiger Entschlossenheit. „Ja... ich glaub schon, Frau Gruber. Der Kerl ist ja komplett durchgedreht! Der darf uns auf keinen Fall entkommen!"

„Da haben Sie verdammt recht!", erwiderte Erna und setzte dem Flüchtenden mit einer Geschwindigkeit nach, die man einer Frau ihres Alters und nach den Anstrengungen der letzten Tage kaum zugetraut hätte. Pascal, nicht weniger entschlossen, war ihr dicht auf den Fersen, seine junge Wut schien ihm neue Kräfte zu verleihen.

Die Verfolgungsjagd durch die abendlichen, verwinkelten und nur spärlich von Notlichtern erhellten Gänge und Treppenhäuser des „Alpen-Zen" hatte etwas Absurdes, fast schon Slapstickhaftes, wäre der Anlass nicht so todernst und potenziell gefährlich gewesen. Lars Vogt rannte blindlings und keuchend drauflos, stieß gegen Zimmerservice-Wagen, die mit den Resten veganer Abendessen beladen waren, und riss dabei fast eine überdimensionierte Bodenvase mit getrockneten Gräsern um. Seine Schritte hallten laut von den Zirbenholzwänden wider, ein unheilvoller Rhythmus in der ansonsten totenstillen Luxusherberge. Erna und Pascal hinterher, bemüht, den Abstand nicht zu groß werden zu lassen und nicht auf den glatten Designböden auszurutschen.

Als sie um eine Ecke bogen, die zum Fitnessbereich und dem abendlichen Yoga-Kursraum führte, wo vermutlich gerade die letzten „Sonnengrüße an den Mond" zelebriert wurden, sahen sie Lena Larcher, die gerade mit einem Handtuch um den Hals und ihrem allgegenwärtigen Smartphone in der Hand aus dem Raum kam. Anstatt zu helfen, die Flucht zu vereiteln oder zumindest erschrocken zur Seite zu treten, zückte Lena mit der Geistesgegenwart einer erfahrenen Kriegsberichterstatterin und dem untrüglichen Instinkt eines Social-Media-Geiers ihr Smartphone, schaltete in den Live-Modus und begann, die Verfolgung für ihre Hunderttausenden von Followern zu filmen und mit überschnappender, hysterischer Stimme zu kommentieren, während sie gleichzeitig theatralisch rief: "Security! Jemand muss ihn aufhalten! Er rennt weg!"

„Unglaublich, Leute! Breaking News direkt aus dem Alpen-Zen! Ihr seht es hier zuerst und exklusiv bei eurer Lena! Der mutmaßliche Tantra-Mörder ist auf der Flucht! Eine dramatische Verfolgungsjagd durch die heiligen Hallen des Fünf-Sterne-Wellness-Tempels! Helft mir, Leute, ruft die Polizei, wenn ihr könnt!", plärrte sie in ihr Mikrofon, ohne selbst Anstalten zu machen, einzugreifen, sondern rannte sogar ein Stück mit, um bessere Bilder zu bekommen. "Das ist der absolute Wahnsinn! Spannung pur! Adrenalin-Kick vom Feinsten! Ist das nicht der ultimative Content? Liked und teilt, wenn ihr wissen wollt, wie es ausgeht, und vergesst nicht, meinen Kanal zu abonnieren für weitere schockierende Details und exklusive Behind-the-Scenes-Aufnahmen aus dem Yoga-Retreat des Grauens!" Sie rannte sogar ein Stück mit, um bessere Bilder zu bekommen, und kommentierte Ernas etwas ungelenken, aber erstaunlich schnellen Sprintstil mit spöttischen Bemerkungen über „rüstige Rentner auf Mörderjagd im Achtsamkeits-Paradies".

Erna schüttelte fassungslos den Kopf und sprintete weiter, während sie Lenas schrille Stimme und das Klicken ihres Handys im Rücken hörte. Diese Frau hatte wirklich Nerven aus Stahlseilen, eine Prioritätenliste, auf der Empathie und Anstand offensichtlich ganz, ganz unten standen, und vermutlich mehr Follower als gesunden Menschenverstand. Die Welt ging unter, aber Hauptsache, der Content war viral und die Klickzahlen stimmten.

Lars Vogt war inzwischen durch einen unscheinbaren Seitenausgang, der normalerweise nur vom Personal benutzt wurde, in Richtung des dunklen, regennassen Wirtschaftshofs gerannt. Erna und Pascal folgten ihm dichtauf, das Heulen des Windes, das Prasseln des Regens und Lenas hysterische Live-Reportage, die nun auch von draußen zu hören war, im Ohr. Sie fanden ihn im fahlen Licht der einzelnen, flackernden Sicherheitslampe, wie er wie von Sinnen in den großen, überquellenden Restmüllcontainern wühlte, Abfallsäcke aufriss, deren Inhalt – matschige Essensreste, zerknülltes Papier, leere Weinflaschen und vermutlich die Reste des „erleuchteten Quinoa-Salats" – sich im strömenden Regen auf dem schmutzigen Betonboden verteilte. Er suchte verzweifelt und manisch nach dem kleinen Ölfläschchen und dem verräterischen Lappen, die er in der Vornacht dort entsorgt hatte. Er murmelte unzusammenhängende Worte vor sich hin, eine Litanei der

Verzweiflung, des Wahnsinns und der verlorenen Hoffnung. „Muss weg... keiner darf... nicht finden... dann alles gut..."

Endstation Mülltonne

Die Scheinwerfer der beiden Polizeiwagen, die nun den sonst so schmuddeligen und im Halbdunkel liegenden Wirtschaftshof des „Alpen-Zen" in ein unwirkliches, pulsierendes blaues Licht tauchten, schienen Lars Vogt die letzte Kraft zu rauben. Er hatte wie ein Wahnsinniger in den überquellenden Abfallbergen gewühlt, der strömende Regen hatte seinen Kapuzenpulli und seine Haare durchnässt, und Schmutz und Essensreste klebten an ihm. Als er die Uniformen sah, die sich im Blaulicht bedrohlich spiegelten, und die entschlossenen Gesichter von Wachtmeisterin Eder und ihren beiden jungen Kollegen erkannte, die sich ihm nun näherten, brach er endgültig zusammen. Die letzte, irrationale Hoffnung, die ihn zu dieser verzweifelten, schmutzigen Flucht getrieben hatte, erlosch in seinen Augen wie eine im Regen ertrunkene Kerze. Er sank kraftlos auf die Knie, umgeben von dem Müll und den Trümmern seines Lebens, und ließ sich widerstandslos die Handschellen anlegen. Seine Schultern zuckten in stummen Schluchzern.

Während die Beamten Lars Vogt auf die Beine halfen und ihn zum Streifenwagen führten, wies Erna Wachtmeisterin Eder unauffällig auf die spezifische Mülltonne hin, in der sie zuvor das Ölfläschchen und den Lappen vermutet und gefunden hatte. „Dort drüben, Wachtmeisterin. Die zweite Tonne von links, unter dem kleinen Vordach. Da dürfte sich noch etwas Interessantes für Ihre Spurensicherung finden lassen."

Eder nickte kurz und bestimmt und wies einen ihrer Kollegen an, die Tonne zu sichern und den Inhalt als mögliches Beweismittel sorgfältig zu behandeln.

Inspektor Holzer war inzwischen mit der wichtigtuerischen Miene eines Feldherrn nach gewonnener Schlacht und einem

170

Anflug von gespielter Überlegenheit aus seinem Wagen gestiegen. Er schob seinen Bauch vor sich her, als wäre er ein Orden für besondere Verdienste, und schritt auf Erna zu, die triefnass vom Regen, aber mit einer unerschütterlichen inneren Ruhe dastand. „Nun, Frau Gruber", begann er mit jovialer Lautstärke, die offensichtlich auch für die Ohren seiner sichtlich beeindruckten Untergebenen und des mittlerweile ebenfalls herbeigeeilten und völlig konsternierten Direktors Walder bestimmt war. „Das hätten wir dann ja dank unserer exzellenten und unermüdlichen Polizeiarbeit und meiner präzisen strategischen Anweisungen, die ich Wachtmeisterin Eder gegeben habe, geklärt. Gute Arbeit von uns allen, nicht wahr?" Er klopfte sich quasi selbst auf die Schulter und warf einen anerkennenden, väterlichen Blick auf Wachtmeisterin Eder, die Mühe hatte, ihre Fassung zu bewahren. „Ich wusste ja gleich, dass an Ihren... äh... unkonventionellen, wenn auch etwas eigenwilligen Beobachtungen vielleicht doch ein Körnchen Wahrheit sein könnte, meine Liebe. Deshalb habe ich Wachtmeisterin Eder ja auch angewiesen, Sie diskret im Auge zu behalten und Ihren... wertvollen Hinweisen mit der nötigen professionellen Distanz und Sorgfalt nachzugehen. Manchmal führen eben auch die verschlungensten Pfade zum Ziel."

Erna, deren Geduld mit diesem aufgeblasenen Gockel und seiner dreisten Selbstbeweihräucherung endgültig erschöpft war, wirft ihm einen Blick zu, der kälter war als das Gletscherwasser in Janos einstigem Detox-Smoothie und spitzer als die Zirbennadeln, die ihr seit Tagen unaufhörlich auf die Nerven gingen. „Wirklich bemerkenswert, Ihre Weitsicht und Ihre Fähigkeit zur diskreten Observation im Verborgenen, Inspektor. Besonders Ihre bahnbrechende Theorie von der verwechselten Sonnencreme und dem rein technischen Defekt der Drohne wird in die Annalen der Kriminalgeschichte eingehen und sicher noch Generationen von Polizeischülern als leuchtendes Lehrbeispiel für brillante Ermittlungsarbeit dienen." Ihre Stimme triefte vor kaum verhohlener Ironie.

Holzer räusperte sich verlegen, spürte die eisige Verachtung in Ernas Stimme und die amüsierten, wenn auch respektvollen Blicke seiner jungen Kollegen, die sich offensichtlich ihren Teil dachten. Er wandte sich schnell ab, um irgendwelche unwichtigen Anweisungen bezüglich der Absperrung des Wirtschaftshofs zu brüllen, die niemand brauchte und die im Prasseln des Regens und dem Heulen des Windes ohnehin fast untergingen.

In diesem Moment erschien auch Hoteldirektor Jakob Walder im Wirtschaftshof, alarmiert durch das Blaulicht und die erneute Aufregung. Sein Gesicht, als er den abtransportierten Lars Vogt, die Polizisten und die markierte Mülltonne sah, wurde zu einer Maske des Entsetzens. Er zückte zitternd sein Handy, rief vermutlich sein PR-Team an und zischte gehetzt hinein: "Sofort Schadensbegrenzung einleiten! Statement vorbereiten! Kein Kommentar an die Presse ohne Freigabe!" Dann sah er Lena Larcher, die immer noch filmte, und fuhr sie an: "Hören Sie sofort auf damit! Das ist geschäftsschädigend!" Doch Lena ignorierte ihn und drehte sich nur weg, um einen besseren Winkel für den abfahrenden Polizeiwagen zu bekommen. Walders verzweifelter Versuch, den Vorfall zu vertuschen, war grandios gescheitert. Das „Alpen-Zen" war nun endgültig zum Schauplatz eines Mordfalls geworden. Er starrte Erna an, als wäre sie persönlich für diese Katastrophe verantwortlich, brachte aber keinen weiteren Ton heraus, seine aalglatte Fassade war zerbröselt.

Lena Larcher, die die gesamte Szene aus sicherer Entfernung mit ihrem Smartphone dokumentiert hatte, näherte sich nun mit triefenden Haaren, aber einem triumphierenden, fast schon ekstatischen Lächeln den Polizeiwagen, um noch bessere Bilder von Lars Vogts Abtransport zu bekommen. „Und da haben wir ihn, Leute! Der Täter ist gefasst! Im strömenden Regen, ein Bild des Jammers, ein gefallener Guru! Exklusive Live-Bilder von der Festnahme im Alpen-Zen-Mordfall! Vergesst nicht, meinen Kanal zu liken, zu sharen und zu abonnieren für weitere schockierende

Details und exklusive Interviews mit den Beteiligten! Das hier wird der viralste Content des Jahres, ich schwör's euch!" Ihre Stimme klang fast hysterisch vor Begeisterung über diesen medialen Scoop, der ihre Followerzahlen in die Höhe schnellen lassen würde.

Erna seufzte innerlich. Die moderne Welt, mit ihrer unstillbaren Gier nach Sensationen und Klicks, war manchmal schwerer zu ertragen als ein veganes Menü, ein inkompetenter Inspektor und ein panischer Hoteldirektor zusammen.

Wachtmeisterin Eder trat kurz zu Erna, während Inspektor Holzer sich bereits den ersten, wie aus dem Nichts aufgetauchten Pressevertretern mit wichtigtuerischer Miene als der große Aufklärer präsentierte. „Gute Arbeit, Frau Gruber", sagte sie leise, aber mit aufrichtiger, tiefer Anerkennung in den Augen und einem warmen Lächeln. „Wirklich exzellente Arbeit. Ohne Sie wäre das hier als tragischer Unfall zu den Akten gegangen, und ein Mörder wäre frei herumgelaufen. Sie haben nicht nur einen Fall gelöst, sondern auch für Gerechtigkeit gesorgt." Ein kurzes, vielsagendes Nicken, bevor sie sich wieder ihren dienstlichen Pflichten zuwandte und versuchte, die sensationslüsterne Pressemeute, die nun von allen Seiten auf den Wirtschaftshof drängte, auf Abstand zu halten.

Erna nickte. Der Fall war gelöst. Die Gerechtigkeit würde ihren Lauf nehmen, auch wenn Inspektor Holzer sich vermutlich noch tagelang als der große Held dieser Geschichte inszenieren und Direktor Walder versuchen würde, den Schaden für sein Hotel mit teuren PR-Kampagnen und kostenlosen Klangschalen-Massagen für die verbliebenen Gäste zu begrenzen. Aber das war Erna in diesem Moment egal. Sie hatte getan, was sie tun musste. Und nun war sie müde. Sehr müde. Aber es war eine gute, eine zufriedene Müdigkeit. Die Müdigkeit nach getaner Arbeit und einem erfolgreich abgeschlossenen Fall. Sie freute sich auf eine heiße Dusche, trockene Kleidung und, wenn es denn irgendwie möglich war, auf ein sehr großes, sehr unachtsames und vor allem sehr echtes Schnitzel. Mit Pommes. Und Preiselbeeren.

VII

Nachbeben im Alpen-Zen

Der Morgen danach

Tag 5, Morgen & Vormittag (ca. 08:00 - 12:00)

Der Morgen nach der Festnahme brach über dem „Alpen-Zen" an wie der Tag des Jüngsten Gerichts – zumindest für Hoteldirektor Jakob Walder und das sorgsam gepflegte Image seines Luxus-Retreats. Die sonst so idyllische Zufahrtsstraße zum exklusiven Tempel der Selbstfindung war von Übertragungswagen, Satellitenschüsseln und einer gierigen Meute von Reportern verstopft, die wie Aasgeier auf jede noch so kleine Information lauerten.

Erna beobachtete das Spektakel vom Fenster ihres Zimmers „Solarplexus" aus, während sie ihren letzten, diesmal selbst mitgebrachten und daher erfreulich starken Kaffee trank. Genug gesehen. Es war Zeit, diesem Zirben-Zirkus den Rücken zu kehren. Mit einer Mischung aus Erschöpfung und grimmiger Zufriedenheit packte sie ihre wenigen Sachen zusammen und machte sich auf den Weg nach unten, um ihre Abreise zu organisieren.

Die Lobby glich einem belagerten Fort. Kaum hatte sie die letzte Treppenstufe erreicht, wurde sie von einem Blitzlichtgewitter empfangen und Mikrofone wurden entgegengestreckt. Noch bevor sie die erste aufdringliche Frage parieren konnte, drang eine vertraute, ruhige und unmissverständlich autoritäre Stimme durch den Lärm: „Platz da, meine Herrschaften, lassen Sie die Dame bitte durch!"

Durch die Reportermenge schob sich Kriminalhauptkommissarin Karin Brunner aus Innsbruck, eine alte, hochgeschätzte Kollegin. Sie begrüßte Erna mit einem warmen, anerkennenden Lächeln und einer festen, freundschaftlichen Umarmung. „Erna! Ich hab schon gehört, du mischst hier oben die High Society der Selbstfindung auf und löst nebenbei noch im Ruhestand Mordfälle", sagte sie leise, aber so, dass der kleinlaut hinter ihr stehende Inspektor Holzer es hören konnte.

„Der Fall wurde heute früh offiziell an uns übergeben", fuhr Karin Brunner fort. „Mord im Luxus-Retreat – das ist dann doch eine Nummer zu groß für die Kollegen vor Ort."

Inspektor Holzer räusperte sich verlegen. „Frau Gruber hat uns in der Tat... äh... einige sehr wertvolle erste Hinweise geliefert", stammelte er.

„Erste Hinweise?", Karin Brunner lachte leise. „Erna, so wie ich das aus dem vorläufigen Bericht von Wachtmeisterin Eder entnehme, hast du diesen Fall im Alleingang gelöst. Meine allerhöchste Achtung. Du hast es nicht verlernt."

In diesem Moment, als die Reporter witterten, dass hier die Protagonisten der Geschichte versammelt waren, trat auch Hoteldirektor Jakob Walder ins Rampenlicht. Mit betonter Betroffenheit bedankte er sich öffentlich bei den „umsichtigen Polizeikräften" und fügte dann mit einem salbungsvollen Blick auf Erna hinzu: „Ein ganz besonderer Dank gilt auch unserer geschätzten Gästin, Frau Gruber, deren scharfe Beobachtungsgabe entscheidend zur schnellen Klärung dieses äußerst bedauerlichen Vorfalls beigetragen hat."

Erna ergriff die Gelegenheit. „Herr Direktor Walder", sagte sie mit höflicher Bestimmtheit, als die Kameras auf sie gerichtet waren, „ich hatte ja ursprünglich für sieben Tage gebucht. Da meine... äh... Arbeit hier nun aber erledigt ist und an wirkliche Entspannung nicht mehr zu denken ist, würde ich meinen Aufenthalt gerne vorzeitig beenden."

Ein Ausdruck ungläubiger Erleichterung huschte über Walders Gesicht, den er jedoch sofort wieder hinter einer Maske professionellen Bedauerns verbarg. *Je früher diese Frau weg ist, desto besser,* schien er zu denken. *Weniger Risiko, dass sie der Presse noch mehr Futter gibt oder weitere Gäste mit ihren detektivischen Ambitionen verschreckt.*

„Aber natürlich, liebe Frau Gruber!", sagte er mit übertriebener Herzlichkeit. „Das verstehe ich vollkommen! Selbstverständlich werden wir Ihnen die verbleibenden Tage und auch die bereits in Anspruch genommenen Nächte nicht in Rechnung stellen. Vielleicht beehren Sie uns ja zu einem späteren Zeitpunkt erneut?"

Erna nickte dankend, innerlich amüsiert über seine durchschaubare Taktik. Die „Kollateralschäden" des Dramas wurden unterdessen immer deutlicher. Sarah Fuchs' „Achtsamkeits-Imperium" stand vor dem Ruin, Konrad Königs Finanzskandal würde nun wahrscheinlich offiziell untersucht, und einige andere Gäste reisten überstürzt ab. Lena Larcher gab sich bereits selbst erste Interviews für ihren neuen „True Crime"-Vlog.

Während die Kripo die weiteren Formalitäten klärte, verabschiedeten sich einige Gäste von Erna. Silvia Fröhlich schenkte ihr einen Bergkristall, Bruni Schnitzler drückte ihr Kekse für die Heimfahrt in die Hand, und Dr. Eva Lindner sagte mit einem anerkennenden Nicken: „Vergessen Sie die Atemübungen nicht ganz."

KHK Karin Brunner verabschiedete sich herzlich von ihr, bevor Erna in ihr bestelltes Taxi stieg. Sie warf einen letzten Blick auf das „Alpen-Zen". Dieses Hotel hatte seine Maske fallen lassen müssen. Und sie hatte, unfreiwillig, Regie geführt.

Achtsam essen und pures Glück

Tag 5, Nachmittag (ca. 14:00)

Während sich Erna im Taxi vom Ort des Grauens und der gekauften Harmonie entfernte, wies sie den Fahrer an, nicht den direktesten Weg zum Bahnhof zu nehmen. „Junger Mann", sagte sie mit der Bestimmtheit einer Frau, die genau wusste, was sie wollte, „bevor Sie mich zum Zug bringen, kennen Sie hier in der Gegend vielleicht einen anständigen, bodenständigen Gasthof? Einen, wo man was Richtiges, was Ehrliches zu essen kriegt, ohne dass es vorher energetisiert, mit kosmischer Liebe bestrahlt oder durch ein Wurzelchakra-Reinigungsritual geschickt wurde?"

Der Taxifahrer, ein Einheimischer mit wettergegerbtem Gesicht und blitzenden Augen, die verrieten, dass er schon viele seltsame Gäste zu und von diesem Hotel gekarrt hatte, grinste breit und verständnisvoll. „Da wüsst i was für Sie, gnä' Frau! Den 'Goldenen Hirschen'. Beste Schnitzel weit und breit, sag i Ihna! Da kehren die Einheimischen ein, und des will was heißen in unserer Gegend."

„Perfekt", sagte Erna, und ein Anflug von echter Vorfreude machte sich in ihr breit. „Fahren Sie mich hin. Und nehmen Sie sich ruhig Zeit."

Der „Goldene Hirsch" war genau das, was ihre geschundene Seele und ihr nach Tagen des Zirbenholz-Terrors und des Quinoa-Salat-Elends dürstender Gaumen gebraucht hatten: ein uriger, traditioneller Tiroler Gasthof mit schweren Holzbalken, blumengeschmückten Fenstern, einer sonnigen Terrasse und dem unverkennbaren Duft von ehrlichem, gutem Essen, der wie eine Verheißung in der Luft lag. Keine Spur von Klangschalen, Räucherstäbchen oder übermotiviertem Personal in beigen Leinenuniformen.

„Ein großes Wiener Schnitzel, bitte, goldbraun gebacken, mit knusprigen Petersilkartoffeln und einem ordentlichen Löffel Preiselbeeren", bestellte sie bei der Wirtin, einer resoluten Frau mit roten Wangen, einer blütenweißen Schürze und einem Lächeln, das von Herzen kam und nicht von einem Coaching-Seminar. „Und ein großes Glas von Ihrem besten Zweigelt. Aber einen kräftigen, bitte, keinen von diesen dünnen Mode-Weinderln."

„A guate Wahl, gnä' Frau!", sagte die Wirtin mit einem anerkennenden Nicken und einem verschwörerischen Augenzwinkern. „Endlich amoi wer, der was Gscheids für Leib und Seel braucht nach all dem neumodischen Graffl, was da oben im Berg so getrieben wird!" Sie deutete vage in Richtung des „Alpen-Zen". „Setzen S' Ihna nieder, es wird Ihna schmecken, des garantier i Ihna!"

Während Erna im sonnigen Wirtsgarten saß, die milde Frühlingsluft genoss und auf ihr Essen wartete, das mit verheißungsvollem Brutzeln und dem Klappern von Geschirr aus der Küche duftete, lief im Hintergrund leise das Radio. Gerade kamen die Lokalnachrichten.

„...und die Ermittlungen im sogenannten 'Yoga-Mordfall' im exklusiven Wellnesshotel 'Alpen-Zen' in Osttirol sind, wie die Polizei heute mitteilte, weitgehend abgeschlossen. Wie bereits gestern berichtet, wurde der international bekannte und umstrittene Lifestyle-Influencer Jano Goldmann nach einem Sturz von der Dachterrasse des Hotelturms tot aufgefunden. Ein Tatverdächtiger, der ebenfalls am Retreat teilnehmende deutsche Tantra-Lehrer Lars V., wurde noch gestern Abend nach einem dramatischen Fluchtversuch festgenommen und hat inzwischen ein umfassendes Geständnis abgelegt. Die Kriminalpolizei Innsbruck, die den Fall übernommen hat, geht derzeit von einer Beziehungstat im aufgeheizten Milieu der modernen Selbstfindungs-Szene aus, die nach schweren Provokationen und einer Erpressungssituation eskalierte. Eine aufmerksame Touristin aus Innsbruck, die zufällig als Gast im Hotel weilte, soll durch ihre Beobachtungen und ihr resolutes Eingreifen erste wichtige Hinweise zur Klärung des Tathergangs gegeben haben..."

Erna schnaubte leise in ihr Weinglas. „Aufmerksame Touristin." So wurde ihre tagelange, nervenaufreibende und unter ständiger Beobachtung und Androhung des Rauswurfs stehende Kleinarbeit also in der offiziellen Version abgetan. Aber was soll's. Der Applaus der Medien war ihr noch nie wichtig gewesen. Hauptsache, der Richtige saß hinter Gittern und Inspektor Holzer musste sich von KHK Karin Brunner erklären lassen, warum er einen Mordfall als „bedauerlichen Unfall durch verschüttete Sonnencreme" abtun wollte.

Das Schnitzel, das die Wirtin ihr kurz darauf mit einem zufriedenen Lächeln und den Worten „So, gnä' Frau, lassen S' es sich schmecken!" servierte, war die reinste Offenbarung. Goldbraun und wellig paniert, so groß, dass es fast über den Tellerrand ragte, dazu ein Berg von goldgelben Petersilkartoffeln und ein großzügiger Klecks fruchtiger Preiselbeeren. Der erste Bissen war wie eine Heimkehr nach langer, entbehrungsreicher Reise. Saftig, zart, perfekt gewürzt.

Das war Ernas Art von Achtsamkeit: den Duft einatmen, die knusprige Panier auf der Zunge spüren, den vollen Geschmack bewusst und ohne Reue wahrnehmen.

Fortsetzung folgt...

Kaum dem Zirben-Terror und dem mörderischen Retreat entkommen, steht für Erna in *„Mords Burnout im Reha-Zentrum"* die nächste "Erholungskur" an.

Doch statt besinnlicher Ruhe im Reha-Zentrum erwartet unsere unerschrockene Kommissarin a.D. ein Fall, der es in sich hat und ihre Nerven und Ihre Lachmuskeln bis zum Äußersten strapaziert.

Freuen Sie sich auf eine Fortsetzung, die Sie garantiert nicht mehr loslassen wird: Hochspannend und mit doppelt so viel schwarzem Humor gepackt!

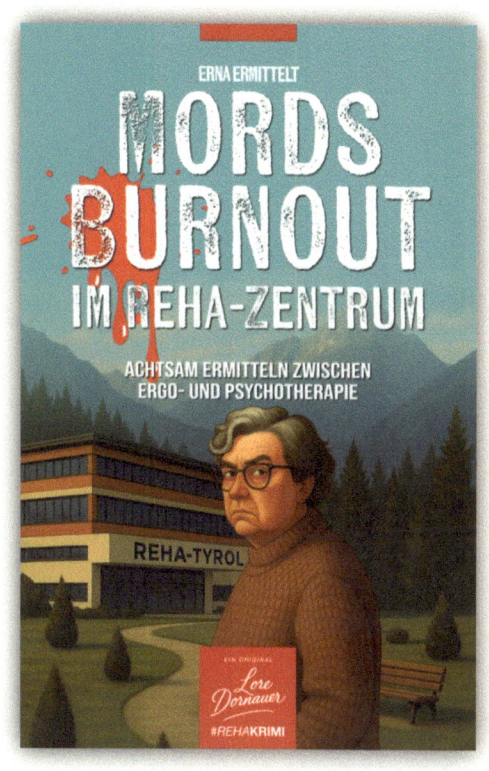

Bestellen Sie den zweiten Teil der Buchserie auf

WWW.MORDSKRIMI.COM

Harmloses Halbwissen
(Glossar)

Achtsamkeit (Mindfulness)
Ein Zustand des bewussten Wahrnehmens des gegenwärtigen Moments, ohne zu urteilen. Im Buch wird dies oft im Kontext von Yoga und Meditation erwähnt.

Aromatherapie
Eine Form der alternativen Medizin, die ätherische Öle zur Linderung von Krankheiten oder zur Steigerung des Wohlbefindens einsetzt.

Asana
Körperhaltungen im Yoga.

Aura
Ein Energiefeld, das nach esoterischen Vorstellungen Lebewesen und manchmal auch Objekte umgeben soll.

Chakra
Energiezentren im Körper, die in verschiedenen spirituellen Traditionen, insbesondere im Hinduismus und Yoga, eine Rolle spielen. Es gibt sieben Hauptchakren, die entlang der Wirbelsäule lokalisiert sein sollen.

Digitale Entgiftung (Digital Detox)
Der bewusste Verzicht auf digitale Medien und Geräte für einen bestimmten Zeitraum, um Stress abzubauen und sich auf andere Dinge zu konzentrieren.

Energetisieren
Ein Begriff, der oft im Wellness- und Esoterikbereich verwendet wird, um anzudeuten, dass etwas (z.B. Wasser, Essen, Gegenstände) mit positiver Energie aufgeladen wurde.

Enzym-Shot

Ein kleines Getränk, oft aus Früchten oder Gemüse, das reich an Enzymen sein soll und gesundheitsfördernde Wirkungen verspricht.

Erleuchtung

Ein Zustand tiefer spiritueller Erkenntnis und Befreiung, ein zentrales Ziel in vielen östlichen Religionen und spirituellen Praktiken.

Guru

Ein spiritueller Lehrer oder Meister, besonders im Hinduismus.

KarmaKüche

Der Name des Hotelrestaurants, der auf das Konzept des Karma anspielt – das Prinzip von Ursache und Wirkung im spirituellen Sinne.

Lichtnahrung

Eine esoterische Vorstellung, nach der Menschen sich ausschließlich von Licht oder kosmischer Energie ernähren können, ohne feste Nahrung zu sich zu nehmen.

Mantra

Eine heilige Silbe, ein Wort oder ein Vers, das/der im Hinduismus, Buddhismus und Yoga oft wiederholt wird, um den Geist zu fokussieren oder spirituelle Wirkungen zu erzielen.

Meditation

Eine spirituelle Praxis, bei der durch Konzentrations- oder Achtsamkeitsübungen ein Zustand tiefer Entspannung oder veränderter Bewusstseinszustand angestrebt wird.

Namaste

Eine traditionelle indische Grußformel, die Respekt und Anerkennung ausdrückt, oft verbunden mit einer Geste (Handflächen vor der Brust zusammengelegt).

Prana-Energie

Im Yoga und Hinduismus die Lebensenergie oder Lebenskraft, die alles durchdringt.

Psychosomatik

in medizinisches Fachgebiet, das sich mit den Wechselwirkungen zwischen seelischen (psychischen) und körperlichen (somatischen) Vorgängen beschäftigt.

Räucherstäbchen

Stäbchen aus brennbarem Material, die mit Duftstoffen versetzt sind und beim Abbrennen Rauch und Duft freisetzen; oft in spirituellen oder meditativen Kontexten verwendet.

Retreat

Ein Rückzugsort oder eine Auszeit vom Alltag, oft mit einem bestimmten Fokus wie Yoga, Meditation oder Wellness, um sich zu erholen und zu regenerieren.

Shavasana

Die Tiefenentspannungslage im Yoga, meist am Ende einer Yogastunde praktiziert.

Solarplexus

Anatomisch ein Nervengeflecht im Oberbauch. In esoterischen Lehren wird der Solarplexus auch als ein wichtiges Energiezentrum (Chakra) angesehen, das mit Willenskraft und Persönlichkeitsentfaltung in Verbindung gebracht wird.

Spa-Öl

Ein Öl, das in Wellnessbereichen (Spas) für Massagen oder andere Anwendungen verwendet wird, oft mit speziellen Duft- oder Pflegestoffen.

Tantra

Eine philosophische und spirituelle Strömung, die ihren Ursprung im Hinduismus und Buddhismus hat. Im Westen wird Tantra oft verkürzt mit sexuellen Praktiken in Verbindung gebracht, umfasst aber ein weites Spektrum an Lehren und Techniken zur Erweiterung des Bewusstseins.

Transformation durch Transzendenz
Ein im Buch erwähnter Name für ein Retreat-Programm, der auf einen tiefgreifenden persönlichen Wandel durch das Überschreiten normaler Bewusstseinszustände abzielt.

Vegan
Eine Ernährungs- und Lebensweise, die jegliche Nutzung von Tieren und tierischen Produkten ablehnt.

Wurzelchakra (Muladhara)
Das unterste der sieben Hauptchakren, das mit Erdung, Stabilität, Sicherheit und Urvertrauen in Verbindung gebracht wird.

Yoga/Yogis
Yoga ist eine philosophische Lehre aus Indien, die eine Reihe geistiger und körperlicher Übungen umfasst. Yogis sind Menschen, die Yoga praktizieren.

Zen
Eine Strömung des Buddhismus, die besonderen Wert auf Meditation und die unmittelbare Erfahrung der Erleuchtung legt. Der Begriff wird oft auch allgemeiner für einen Zustand der Ruhe und Ausgeglichenheit verwendet.

Zirbenholz
Das Holz der Zirbelkiefer, bekannt für seinen angenehmen Duft und dem positive Eigenschaften für das Wohlbefinden nachgesagt werden; im Buch ein dominierendes Element der Hoteleinrichtung.